Lycoris Recoil
Ordinary days
Novelize
莉可麗絲
Lycoris Recoil
Kadokawa Fantastic Novels

MENU

目錄

Lycoris Recoil
Ordinary days
Novelize

DATA

「LycoReco咖啡廳」的常客

CAFE LYCORECO

アサウラ
Asaura

［插畫］
いみぎむる

［原案・監修］
Spider Lily

Kadokawa Fantastic Novels

雖然瑞希正在讀這種書，不過根據她過去對德田提過的說法，似乎還沒有穩定交往的對象。雖然她感嘆「男人沒一個有眼光」，不過德田認為單純只是她的擇偶標準太高了。

實際上，雖然戴著略嫌土氣的眼鏡，瑞希毫無疑問是個美女，體型也散發著自然健康的美感。此外胸部等處也很出眾。

只要她有意，想必能吸引很多人吧。若非德田過去曾因結婚而吃盡苦頭，一定也會考慮追求她。

話說回來，如今這個時代對結婚懷抱夢想的女性也滿稀奇的。如此心想的德田曾有一次不禁脫口提問。於是她面露成熟的笑容回答：「現在正是有這種女人也沒關係的時代吧？我就是傳統的女人嘛。」

不同於過去，價值觀改變，多樣性時代，結婚不代表女性的幸福……不知不覺間被這些字眼洗腦，見到有人選擇維持以往的做法就認定是食古不化——德田察覺到這是偏見，認為自己才是思想過時的人而慚愧。

雖然不是為替自己辯解，德田轉念一想。

在十幾二十歲的年代，誰都曾經懷著非得趕上潮流不可的焦躁。然而她卻對此毫不介意，這般人生態度看起來真是自由又令人稱羨。

「……嗯？怎麼啦？德田先生……啊，該不會是不能張揚的那種工作吧？」

如果手上有好幾個人氣連載還另當別論，像德田這類不可能有代表作的寫手，實在難以坦然自稱作家。

若是引起對方的興趣，回答了諸多問題之後，對方很快就會不知該如何反應。只會迎來這種誰也不會幸福的結局。這種事他已經體驗過好幾回。

不過他今天原本打算說出口——然而……

「瑞希，好了。太沒神經了。」

搶在德田回答之前，突如其來的一句話讓瑞希不再開口。

責怪她的人不是米卡，而是一名嬌小女孩。她一面嚼著零食一面從咖啡廳後場現身……乍看之下年紀還不到十歲。

她是胡桃。根據店長的說法，似乎是「暫時幫忙照顧」。

這才是真正敏感的問題，德田無法多加置喙。

也許是因為帶有北歐血統，女孩有著白皙的肌膚，長長的波浪金髮，澄澈的碧眼，但是五官的氛圍比較接近亞洲人。日語非常流利，但是之前面對迷路闖進店裡的觀光客時，也能用母語級別的英語應對，因此至少熟悉兩種語言……堪稱是國籍不明，身分成謎，就某種角度來說與錦糸町十分相襯。

雖然不知道她有沒有上學，但是腦袋異樣靈光，偶爾也會與大人們一起聊些經濟話題，就像剛才對著瑞希開口時那樣，語氣也感覺不到孩子氣。對於德田來說充滿謎團。

胡桃來到稍微架高的榻榻米座位的桌邊，開始準備桌上遊戲。接下來似乎要和常客展開桌遊大會，因此著手準備。

米卡來到德田身旁，對著他微微低頭。

「桌遊大會平時是在打烊後進行，不過最近有些年輕孩子，偶爾還在白天舉辦。」

德田忍不住回答：

「哦～我還以為小孩子比較喜歡打電動呢。至少我自己就是這樣。」

聽到德田的說法，米卡的側臉顯得感觸良多。

「我想對於時下的孩子來說，電子遊戲已經沒什麼大不了了吧。所以反過來說，一邊玩一邊與人面對面交流的傳統遊戲，反而更加特別吧……對胡桃那孩子更是如此。」

原來如此。德田心想，這就是所謂的物極必反嗎？因為電子遊戲太過普及，使得傳統遊戲產生了價值吧。

「德田也要玩嗎～？按照現在的預定，還可以再加一個人喔。」

雖然胡桃如此提議，但他還是婉拒了。雖然不討厭，然而現在不是時候。

今天不光只是為了享受快樂時光而來到LycoReco。

「那個，米卡先生。其實我有件重要的事……」

「什麼！告白之類的嗎？」

瑞希不知為何十分激動，出乎意料的德田感到困惑。

就算真是如此，也不會選在他的職場，大白天又眾目睽睽的狀況突然告白吧？

米卡露出無奈的表情安撫瑞希，並且為他端上美式咖啡。

德田啜飲一口，讓心情恢復平靜。

「實不相瞞——」

——噹啷噹啷。

門上的鈴響了。還以為是客人……不過走進店裡的是身穿可愛制服，晃動裙襬的女高中生二人組——正是這間咖啡廳的招牌店員。

「店長，採買結束了。」

有著一頭美麗黑髮的井之上瀧奈邊說邊走進店鋪後場。站姿與一舉一動都顯得沉靜而俐落——雖然不會引人注目，但是一旦注意到那道身影，視線就會不由得停在她身上。這名女孩就是擁有如此不可思議的魅力。

「咦~？德先生歡迎光臨。剛才在聊什麼？啊，我打擾到你們了？」

跟在瀧奈身後走進店裡的是錦木千束。光澤閃亮的美麗白髮帶著近似金髮的色澤，腦袋左側綁著堪稱魅力所在的紅色緞帶。

千束用雙手撐著吧檯，眼神在米卡與德田之間遊移。這時瑞希插嘴說道：

「德田先生，終於向店長告白了！」

「真的假的！我就覺得真是殷勤……咕！**老師**還是老樣子，哎呀，真是太行了！」

千束的語氣與表情彷彿親戚大嬸在與姪子交談，不停拍打著吧檯。

新的人生體驗。

題外話，若是大出版社的正職人員，四十來歲的收入足以在東京擁有自己的房子，不過換作是自由接案的寫手，那只是遙不可及的夢想。

「欸欸，德先生，你說的雜誌企畫是怎樣？」

只有千束依然充滿興趣地注視德田。

「是錦糸町的咖啡廳特輯，我個人非常希望能以這家咖啡廳為主進行介紹。」

「咦～聽起來很不錯啊！就是那個吧！美味的咖啡與和風甜點，再加上可愛的店員那樣吧……咻～！太棒了！客人會變多喔～！」

德田覺得笑個不停的千束彷彿夏天的向日葵，充滿生命力。散發　股讓周遭人們也不禁面露笑容的力量。

他原本打算以米卡為中心，寫篇帶點神祕色彩，時尚又成熟的報導。不過也許正如千束所說，將招牌店員當成主角也不錯。

「好耶，老師！拍照呢？會有攝影師之類的來拍照嗎？」

「是的，只要店長允許，我會請攝影師在各位方便的時間過來。」

「糟糕～我要先預約美容院才行！」

「啊，所以店長的意思是……？」

「那當然——」

「請恕我拒絕。」

米卡說得很直接，剛才還面帶笑容交談的千束與德田都愣住了。

「這也是理所當然，千束。要是這家店因此爆紅怎麼辦？」

如此說道的胡桃沒有看向千束等人。千束於是衝向榻榻米座位。

「可、可是……變得有名不是比較好嗎！不管就營收而言，還是我人生的滿足度也是！也許全國各地都會有我的粉絲！欸，妳說對不對？胡～桃～」

「就是不能那樣啊。只會不利於工作罷了。」

米卡面帶苦笑致歉。

「不好意思，很高興您的好意，但是本店的經營方針是不接受採訪。」

「可、可是……你們有經營社群網站，不是走神祕店家的路線吧？」

「那個……真要說來只是為了方便老主顧，此外……那孩子想做而已。」

米卡對千束投以有如父親的視線，此時的她正在榻榻米向胡桃熱烈解釋「請人介紹絕對比較好！」的想法。

「……真的不行嗎？真是遺憾。明明是間這麼好的咖啡廳。」

「能聽到您的稱讚，我也很高興。但也正因為如此……我希望能避免受到注目，靜靜地經營下去。」

「哎～最大的理由不是這個就是了～」

如此說道的瑞希視線依然盯著雜誌。德田聞言，於是看向米卡……但是他沒有特別解釋。就像是沒聽見一般，開始進行廚房作業。

難道有什麼不能對人提起的祕密嗎？比方說無法公諸於世的……

怎麼可能啊，又不是漫畫。這麼想的德田一邊搔了搔頭，一邊啜飲咖啡。

風味爽口的美式咖啡。並非以熱水稀釋咖啡的那種，而是真的使用淺焙咖啡豆沖泡的美式咖啡。

對於現在的德田來說，那個清爽的感受有如安慰。像在告訴他「哎，放輕鬆」一般。

德田的鼻腔突然捕捉到令人舒暢的香氣，還有非常細微的爆裂聲傳進耳裡。

仔細一看，米卡正待在吧檯後面的廚房，不知將什麼東西擺在網子上烘烤。

然而他的動作很快便結束。在德田還沒冒出「他在做什麼」的疑問前，米卡已經用烤好的東西夾著紅豆餡，擺到盤子上並且送到德田面前。

那是兩個剛烤好的最中，也代表是用來表示歉意。

「既然拒絕了採訪，會不會日後就見不到您再次來店了呢？」

「怎麼會呢。我本來就覺得這裡是個好地方，才會忍不住想告訴別人。所以……日後也會繼續打擾的。」

「那真是太好了。」

米卡露出微笑。見到那個表情，德田頓時有種自己回到少年時代的心情。

小時候受到大人誇獎，或是得到某個原諒，或者聽見有人告訴他「這樣就對了」的那種心情。

——噹啷噹啷。

門鈴再度響起。新的客人來了。

米卡等人的視線看向大門時，德田拿起米卡招待的最中。

圓柱狀（Stick）的甜點。燙手的表面呈現淺褐色。各處妝點著幾道茶色焦痕。可以說是手工點心的特色吧。

拿到嘴邊，感覺彷彿是黑手黨電影裡反派角色叼著的雪茄。

以最中來說算是罕見的有趣形狀。原本以為單純是因為時尚，實際放進口中才發現這麼做的用意。

如果是一般的最中，張嘴咬下時嘴角難免會沾上碎裂餅皮的粉末。然而如果吃得太小口，最初和最後的幾口就只有餅皮，感覺不大均衡，令人不禁有點煩躁。

不過如果是這種圓柱狀……

肯定是發自女性的創意吧。瑞希、千束，或是瀧奈……總之不會是胡桃。畢竟位於錦糸町，說不定是在夜晚營業的店家工作的客人。

無論如何，都能感覺到貼心。

面對這種甜點，品嚐起來更是讓人感到期待。

德田懷著打開禮物箱的心情，將最中放進口中。

——餅皮的酥脆口感。

一口咬下，難以言喻的香氣直竄鼻腔。現烤的威力，火焰的殘渣。

接著是嘴唇與舌尖感受到的熱度。然而只要咀嚼，沁涼的感受隨之漾開。

餅皮溫熱又酥脆的宜人口感，搭配沁涼又濕潤的紅豆餡。

兩種溫度，兩種口感。此時飽滿的紅豆顆粒登上舞台。

這些感受彼此緩緩混合，形成絕妙的溫度與口感，接著甜味才慢慢浮現。

「哦？……哈哈哈。」

德田不由得笑了起來。

在味道之前先感受到香氣，接著是溫度與口感……光是吃了一口，便覺得趣味無窮。味道當然不在話下。

絕佳的最中。

吃起來驚喜無窮，更重要的是美味。

無論哪一點都能感受到這家店的用心與技術。

啊啊，真棒。

店面，店員，就連菜單都無可挑剔。

無法由自己向眾人介紹真是太遺憾了。他發自內心如此心想。

儘管如此，儘管心中確實感到遺憾……還是不由自主露出笑容。
這就是甜食的魔法嗎？還是米卡的？無論是哪種，感覺都不差。
啜飲一口咖啡。
出乎意料與和果子十分搭配。

第一話 「為漸衰的人生獻上甜點」

——噹啷噹啷。

走進店裡的同時，那個男人——土井善晴在心中暗自叫道「選錯了」，險些咂嘴。

雖然長年以錦糸町為主工作至今，但是他完全不曉得有咖啡廳藏身在這種老街的安靜住宅區，因此不禁走了進去……然而這間店似乎不適合自己這種年過五十的男人獨自造訪。

裝潢時尚的店裡只有小女孩。在架高的榻榻米座位上，不知是否為老闆的女兒，有個小孩擺出桌上遊戲，身穿不知名學校制服的女高中生在女孩身旁慵懶地打發時間。

年近三十的女店員或許曾在酒店工作，剩下的只有站在廚房的黑皮膚男子，看起來似乎是店長。

此外有個年輕男性顧客坐在吧檯吃著最中。

這種地方實在不適合自己這種人坐下來放鬆，想必也沒有吸菸區吧。擺明了不是這種店。主要客群肯定是那種想把照片上傳網路的人吧。

有如是在驗證他的想法，男店長雖然服裝穿得一本正經，但是女店員那身和服的穿法就顯得有些隨便，整體給人邋遢的印象。像是在聲明本店只是主題咖啡廳。

為了不讓店員們察覺，土井的輕聲嘆息在閉起的口中消散。

土井感嘆自己的嗅覺已經不再敏銳。

好了，接下來該怎麼辦呢？當下的心情雖然想要儘早離開，但也不能這麼露骨。隨便點杯茶，然後趕緊告辭吧。

土井再度環視店內。吧檯、加高的榻榻米座位，以及夾層的地方似乎也有桌子……不過小孩子就在榻榻米座位，明明有空位卻坐到夾層那邊好像也不太對……

既然如此，果然還是吧檯吧。

即使客人上門也依然沒有起身的女店員坐在吧檯角落，土井選了離她最遠的另一側角落坐下。

「這位客人是第一次來吧？現在就給您菜單……瑞希，好好工作。」

店長以格外清晰的聲音開口，於是口中那個名叫瑞希的女人終於嫌麻煩似的說聲「好好好」站起身來。

「店長，我來吧。」

這時另一名店員自店裡現身。少女身穿藍色和服，黑色長髮分成左右兩邊束起。看起來雖然像是高中生，但是與瑞希相比，服裝穿法無可挑剔。站姿也很端正，雖然眼神少了幾分親切，但也因此有種洗鍊的氛圍。

再過個十年，想必會成為了不起的美女吧。然而現在終究只是個孩子。

她將菜單送到土井面前，土井馬上看了起來。然後不禁感到驚訝。

甜品當中雖然也有百匯等類型，主要還是和果子。這部分沒問題。問題在飲料。

明明是以和果子為主，飲料當中也有茶，然而主打的似乎是咖啡。想走和風與西式融合的路線嗎……讓人感到混亂。

一般來說，儘管咖啡廳會以裝潢、碟子、茶杯之類的物品營造日式氣氛，菜單終究還是以咖啡和蛋糕為主吧？

不過這樣也不錯。只有點茶總覺得不太好，會覺得至少該點個甜品，不過換作是咖啡的話，光是單點就已足夠。

「啊……那麼一杯特調咖啡。」

「好的。請問還要點其他的嗎？」

「不，不用了。」

「還請稍待。」

黑髮店員的嗓音清晰澄澈，不輸給她的外貌。

如果她再早一點出生，自己也更加年輕一點的話，也許會多攀談幾句吧。土井不禁如此心想。

在她走開之後，門鈴響了。有客人上門。土井不禁感到驚訝，滿臉橫肉的中年男性貌似在南口附近出沒的人。先與店員簡單交談後，對著小女孩喊聲「胡桃妹妹」並走到女孩剛才備妥桌上遊戲的桌子旁邊坐下。似乎是店裡的常客。

更令土井吃驚的是成年顧客接連上門——擺明比土井更年長的老年男性，帶著幼兒的主婦，腋下夾著平板電腦的女性神色莫名疲憊，穿著附近鮮少見到的水手服的女國中生……不分男女老幼的顧客紛紛上門，大家都用習以為常的態度圍繞在胡桃的桌旁。

「您的特調咖啡……接下來會有點吵鬧。不好意思。」

吧檯後方的店長送上咖啡。

「不，這倒是無所謂……只是這家店和我所想像的不太一樣。」

坐在吧檯座位，方才啃著最中的男子笑道：

「我明白，起初我也有同樣想法。以為是有如世外桃源的時尚小店，不過實際走進來一看……氣氛熱鬧，態度親切，有種雜而不亂的感覺。」

即使是在兩人如此交談時，年齡各不相同的客人一個接一個走進店內，各自找了位子。其中有情侶檔，也有類似土井這種獨自啜飲咖啡並閱讀賽馬報紙的老派客人，此外也有年輕人造訪，舉起手機為甜點拍照。

剛才空蕩蕩的店內，似乎只是巧合。

待在榻榻米座位的女高中生似乎也是店員之一，見到店內忙碌起來便馬上換上日式服裝，在外場東奔西走。

不知不覺間，土井明白這個地方待起來的感覺其實並不糟。剛才品嚐最中的男子也在店

《炸藥警官2》的BD送到家裡，於是立刻拆封觀賞……

再來就是因為突然心血來潮，在看完續作之後又回頭重看第一集……

雖然無法分辨到底哪一項才是導致遲到的直接原因，但這是無可奈何的結果，換個說法就是不可抗力，接連的不幸所造成的意外……至少千束本人這麼認為。

跑著跑著，LycoReco咖啡廳的店面映入眼簾。彷彿藏身於住宅區般靜靜佇立。

心愛的職場。千束毫不遲疑便推開正面大門。

「各位久等了！千束來也——————！」

「只有我們在等妳啦！」

鼓掌喝采，震天歡呼，坐墊與花束飛來，滿天的碎紙片……當然沒有期待這麼多——不，好像有這麼一點期待，但是這點姑且不論，迎接她的是語氣意外辛辣的一句話。來自手拿著餐盤，忙著在店裡奔走的瑞希。

怎麼了？感到疑惑的千束環視店內。本日座無虛席。除了瑞希與瀧奈，連胡桃都被迫幫忙，三人有如穿梭在花間的蜜蜂，在各桌客人之間忙得團團轉。

即使如此，忙碌的三人當中，瑞希一臉憤怒，瀧奈投以冰冷的視線，至於胡桃則是對千束露出求助的表情。

「啊哈哈……抱歉～」

「千束，快點換好衣服過來。」

完全沒有看向千束的米卡在吧檯後方繼續泡咖啡。

若是在平常，米卡也許會提醒她走員工用的後門，但是現在如此忙碌，連開口叮嚀的空檔都沒有。

千束應了一聲「好～」便一邊與常客打招呼，一邊走向後場。店裡常客有老有少。從身穿水手服的國中生加奈，到看起來差不多能領老人年金的後藤，相當多樣化。不過千束不管面對誰都一樣，以輕鬆又開朗的態度扯開嗓門打招呼。

不管對方是誰，也不管年齡幾歲，在千束眼中都是最棒的客人。

途中也對最近時常上門，將吧檯角落座位當成容身之處的土井打招呼。

他抬起臉，以一如往常的陰鬱表情回應千束後，再度垂下臉。簡直像是專心凝視映在咖啡杯中的臉龐。

一走進更衣室，外面便傳來響亮的碰撞聲，隨之而來的是嘈雜的人聲與笑鬧聲。

從這個反應來看，大概是胡桃在送餐時不小心搞砸了吧。

嘻嘻嘻。千束笑了。想像如今店內眾人慌張的模樣，讓她自然流露笑容。

脫下身上那套象徵首席Lycoris的紅色制服時，板著臉的瀧奈走進更衣室。和風制服沾上咖啡而濡濕。

「哎呀，原來搞砸的是瀧奈啊～」

「才不是。看到胡桃快要跌倒我便上前幫忙……結果咖啡潑到我身上。」

瀧奈俐落地褪下衣物，換上預備的制服。

「先不提這個，千束有注意到嗎？土井先生又來了。」

「已經變成常客了呢。好開心好開心～」

穿上和服的千束用眼角餘光瞄向瀧奈。

「總是一臉陰沉，只點特調咖啡，好像在忍受什麼似的靜靜坐著……是為什麼呢？」

「是那個吧？突然賺了一大筆錢，提早開始隱居生活。瑞希是這麼說的。」

順帶一提，單純因為金錢方面的魅力，瑞希一度試探土井，然而對方似乎毫不搭理。

「所以他是不是在煩惱要怎麼花錢啊？」

「……是這樣嗎？總覺得，是其他更……」

瀧奈感覺無法接受，低著有點不滿的臉龐唸唸有詞。

「……嗯？」

千束綁緊腰帶的同時，因為瀧奈不可思議的反應而微微偏頭。

「喂～千束、瀧奈，還沒好嗎～？這邊人手不夠喔～！」

「好～馬上來～！瀧奈，我先過去了。」

千束一面感到有些好奇，一面獨自走出更衣室。

2

「妳說瀧奈怪怪的？」

米卡一臉訝異。

在打烊後的LycoReco，千束終於將這幾天來一直藏在心底的疑問說出口。

瀧奈今天為了健康檢查而早退，千束覺得只能趁這個時機。

米卡停下清洗餐具的手，站到坐在吧檯的千束面前。

「妳說的奇怪是什麼意思，千束？」

「本來就很奇怪吧。」

明明正在打烊，卻已經取出一升酒瓶與酒杯的瑞希如此說道，躺在榻榻米座位看著筆記型電腦的胡桃也表示同意：

「應該說在我的印象裡，Lycoris基本上沒有普通人。不過偶爾會來的那個乙女櫻……好像叫這個名字吧？看起來還算普通就是了。」

米卡面露苦笑。過去曾經擔任訓練教官的他，也許對這句話感同身受吧。

「真是的，我不是要講這個……之前她偷偷對我透露過了。一、二、三……呃，詳細的時間我忘了，就是之前我遲到那天。」

「我失手把咖啡潑到瀧奈身上那天？」

「就是那天！」

「所以她到底透露了什麼？」

瑞希說完這句話便將玻璃杯中的透明液體一仰而盡。

「她說她很在意土井先生。」

店內的氣氛，以及除了千束以外所有人的動作都僵住了。

下個瞬間，手拿玻璃杯的瑞希，還有胡桃都飛快湊近坐在吧檯的千束身旁。

「……看上人家的錢了？」

「就我看來，瀧奈不是那種人吧？」

三人像是在討論壞事一般，將臉湊在一塊低聲竊竊私語。

米卡靠過來參加密談。

「瀧奈啊……說是意外就失禮了。不過……戀愛並非壞事。」

「啊，可是她好像也不是喜歡土井先生，感覺是在擔心臉色陰沉的土井先生。」

「陰沉的男人在這個時代滿街都是吧。」

「常客裡也有一個吧？就是那個，當作家的米岡。」

胡桃口中的常客米岡是指雖然勉強能餬口，但在各方面都瀕臨極限的四十歲男性作家。

瀧奈鮮少對他人感興趣。對方持有自己應該效仿的技能，又或者是可能成為阻礙的強敵……頂多只有這類對象。

正因為如此，眾人覺得這種好奇心要說是戀愛可能也不算錯，肯定也覺得如果真是這樣也不錯。同時眾人與瀧奈的關係也已經到了假如真是如此，願意為了瀧奈的淡淡情愫加油打氣的地步。

所以——

「與其聲援別人的戀情，我寧可專心找自己的對象。」

店裡傳來瑞希這句話。

千束等人不由得面面相覷。

仔細一想，這裡每個人都是單身。

也許真的不是管別人閒事的時候——千束多少也有這種念頭。

3

在快到中午的時段，土井來到空蕩蕩的咖啡廳。

當他走向有如專屬座位的吧檯角落就座之前，米卡已經俐落地開始準備特調咖啡。這是因為點餐從來沒有變化，再加上他頻繁來店。現在已經連一句「老樣子」都不需要。

大人們既定不變的日常習慣。儘管如此，瀧奈一如往常將餐盤抱在胸前，前去詢問土井的點餐。這一切千束都看在眼裡。

「請問您要點什麼？」

「啊，瀧奈妹妹啊。今天也是特調……啊，老是麻煩你了，店長。」

注意到杯子已經擺在吧檯上，土井露出有點欣喜的態度對著米卡微笑。

另一方面，瀧奈離開土井時的表情似乎有些不滿，這只是千束的誤會嗎？

「欸，瀧奈。土井先生每次都點一樣的東西，沒必要特別去問他吧？」

「……這是工作。」

話中帶刺。千束有這種感覺。

果然是戀愛嗎？戀愛了嗎？不，大概是戀愛。一定是戀愛。除了戀愛之外沒有其他可能性了！

同時她也驚覺，米卡莫非在不知不覺間成了阻礙嗎？

土井雖然總是沉著一張臉，唯獨米卡對他遞出特調咖啡時會展露笑容。

只有米卡。

米卡是個充滿魅力的成熟男性。這點無從否認，自從LycoReco咖啡廳在十年前開張至今，已有不計其數的客人被米卡的魅力迷得神魂顛倒。甚至曾經有過跟蹤狂的程度。

「原來如此～真巧耶，正好有個在車站前開壽司店的師傅是本店常客喔。」

「這樣啊。那就叫個外送吧。我來付帳。」

不妙。依照計畫，午餐只不過是離開LycoReco的藉口，只要最終演變成類似約會的狀況就好，但是千束也沒有想到有外送這種方便的服務。

——那就換別招！

「不過這家店就等下次再說……其實呢！說到壽司，我有推薦的店喔！而且是豆皮壽司！怎麼樣呢？……還中意嗎？那真是太好了！雖然有幾間推薦的餐廳，其中一間就在舊電波塔旁邊，位在業平的『味吟』——」

「啊～那間啊。味道不錯呢，傳統的甜鹹口味多汁豆皮。」

不妙。仔細一想土井就住在這裡，附近較有歷史的店家想必早就知道了。隔壁的兩國，以及住在這一帶肯定會造訪的淺草周遭也不行。

最好是他也不曉得的餐廳。

雖然第一目標是支援瀧奈的戀情，不過同時也想為土井的人生獻上某些新的「事物」。而且如果能自然而然歸功於瀧奈……閃耀的未來想必唾手可得。這豈不是一箭雙雕。

——既然如此！

「龜戶天神社附近的『花稻荷』怎麼樣？」

「好像有聽過……又好像沒有……？」

這時瀧奈似乎突然想起什麼而開口：

「啊～那邊的豆皮壽司確實很好吃呢。上次去吃的時候，加了梅子的也很美味——」

「沒錯！這位井之上瀧奈小姐推薦的『花稻荷』！土井先生，有沒有興趣呢！」

「啊～也不錯吧。那邊有外送嗎？」

「完全沒有！所以我們一起去吧！」

「……是天神社附近吧？稍微有點遠吧？要搭電車或公車嗎？」

「從這裡出發的話用走的比較快喔。」

「那就叫計程車吧。」

「用走的，運動嘛，天氣這麼好，散步很舒服喔？走吧，土井先生！瀧奈！出發了！」

「呃，等等，咦……等一下，啊，咖啡還沒……」

「千束，真的要去嗎？可是工作……」

「沒關係沒關係，我們三個一起去～啊，先喝完咖啡再出發！」

之後千束硬是推著瀧奈和土井走出店門，帶領兩人一路走向龜戶。

4

被留在店裡的瑞希與米卡傻眼目送千束三人的背影離開。

「……那兩個傢伙，這裡的工作打算怎麼辦啊？」

「萬一客人變多了，就找松鼠幫忙吧。」

「……真是給人找麻煩的孩子。」

「今天客人不多，船到橋頭自然直吧。」

「對土井先生也是啊。說實話就是找麻煩吧？」

「不，也許意外會是一次正面刺激。多方嘗試往往不是壞事。」

「那對瀧奈來說呢？」

「天曉得。」

唯獨這點誰也不知道吧。說不定就連瀧奈自己都不曉得。

自己胸口湧現的感情究竟是什麼。

所謂的初戀大多是這麼回事。

米卡揚起嘴角，露出笑容。

像是想起遙遠的往昔，憶起自己害羞又青澀的青春。

5

「……所以呢？最後怎樣了？和土井的豆皮壽司約會。」

營業時間結束後的LycoReco咖啡廳榻榻米座位旁，胡桃拆開千束她們買回來當成伴手禮的盒裝豆皮壽司，同時用不知是否真的感興趣的語氣問道。

千束豎起手指噓了一聲，示意不要多嘴。

由於回到LycoReco之後照常工作，瀧奈正在更衣室裡換衣服……不過無法保證她絕對不會聽見。

千束也走到榻榻米座位的桌旁。

「哎，還算有收穫吧？聊了不少喔。花稻荷沒有地方可以內用，我們就在天神邊逛邊吃，感覺滿不錯的……啊，胡桃，我最推薦的是這個，這個這個，梅子口味。」

千束從盒子裡拿起一個擺到胡桃眼前。

「所以梅子口味才會特別多嗎？」

梅子、柚子、芝麻、薑片、原味，雖然口味不少，但是正如胡桃所說的，在千束個人喜好的強烈影響下，一盒十六個壽司裡有多達七個是梅子口味。米卡因為今天有町內會的聚會而離開店裡，為了讓他回來時也能吃到，特別多買了幾個。

這間店的豆皮壽司是使用塑膠膜個別包裝。多虧如此，即使是較小的豆皮壽司也能像漢堡一樣不沾到手便直接食用，因此也沒必要準備碟子和筷子。千束拆開手中的壽司包裝，放進嘴裡。

一口咬下，首先就是豆皮壽司的重點——柔軟甘甜的豆皮。

這家店的豆皮水分較少，再加上膠膜包裝，即使拿在手中站著吃也很方便。

帶著些許醋味的甘甜醋飯在闔起的口中漸漸鬆開。切絲紫蘇的清爽香氣從中升起，梅子的酸味柔和綻放。

每種滋味都稱不上強烈，也許可以稱之為優雅，不過「柔和」這個說法更加貼切。

就是這般滋味的豆皮壽司。

每天吃都不會膩的味道。

唯獨那間店距離LycoReco咖啡廳距離稍遠這一點，讓千束不禁有些遺憾。

「嗯～～！哼！哼！哼！」

發出聲音的千束一面咀嚼，一面忍不住滿臉笑容。

是為什麼呢？有一種在普通的壽司中找不到，在飯糰中也找不到……唯獨在咀嚼豆皮壽司時才會出現的不可思議的幸福——若要形容的話，千束覺得那也許類似心滿意足的感覺。

而那種感覺總是讓人忍不住嘴角上揚。

「喔喔，真的好吃耶。這個。」

「……我明明就推薦梅子口味，為什麼妳要從原味吃起啊？嗯，胡桃妹妹？」

「我習慣先從基本口味開始品嚐。」

憑胡桃的櫻桃小口也能三、四口就輕鬆吃完一個豆皮壽司，隨後將手伸向梅子口味。當她咬下第一口，隨即發出感嘆的輕呼聲，馬上又咬了第二口。

見到那不需要詢問感想的反應，千束也感到開心。

「然後呢？土井先生感覺如何？」

先換好衣服的瑞希回來了。

「他說有種懷念的味道。也有說好吃。」

「我問的不是豆皮壽司啦……怎麼樣？」

瑞希詢問的同時也在注意更衣室的動靜。看樣子瀧奈馬上就會換好衣服吧。

「還滿常笑的。他以前好像很少到龜戶那邊走走，瀧奈幫他介紹了一些地方……對話還算順利。」

「哎～老實說龜戶那一帶，我的印象只有內臟燒烤和煎餃。」

看在愛喝酒的人眼裡是這樣嗎？千束如此心想。

每個地方都有名店和知名美食，不過除了瑞希舉出的這些之外，龜戶還有許多美食。

她鮮少露出這種表情。主要是在工作等方面獲得好成果的時候……從這個角度來看，土井心情不錯對瀧奈來說是個值得高興的成果。

千束發現自己的猜測正確，忍不住滿臉笑容。

「希望土井先生明天也能維持今天的表情來店裡。對吧，瀧奈♪」

「是啊。真是這樣的話……我也很高興就是了。」

我先走一步了。如此說道的瀧奈走出店門，瑞希再度來到榻榻米座位展開熱烈討論。

當米卡從町內會的聚會歸來時，豆皮壽司已經一個都不剩了。

而且也沒人記得採買的事……

6

土井陷入思考。昨天為了吃豆皮壽司的那趟散步到底是怎麼回事？

雖然搞不太懂，但是這天夜晚顯得特別短，用不著借助酒精的力量就結束這一天。

感覺像是被逼著作了一場夢。走向LycoReco咖啡廳的腳步有種不太踏實的感覺。

……也許單純只是因為平日缺乏運動。

這間店今天也沒什麼客人。這也是理所當然的，土井刻意選人少的時段。

因為這裡並非有提供正餐的咖啡廳，中午時段的客人比較少。所以土井中意的吧檯角落座位基本上都會空著。

「歡迎光臨。」

聽著店長平穩的聲音就座。特調咖啡立刻送上桌。

這樣的流程真是讓人欲罷不能。

「昨天我們的店員給您添麻煩了。」

「不會不會，很開心啊。因為最近愈來愈少走路，身體有點累就是了。明確理解自己缺乏運動——」

「咦！土井先生缺乏運動嗎？這可不行喔～」

千束在此登場。土井看向聲音的來源，只見瀧奈將托盤抱在胸前，而千束的雙手放在她的肩上，從身旁探頭看著土井。

「瀧奈，準備出門！」

「……那個，工作……」

「那種事先擺到後頭！現在有比工作更重要的事！」

呃……？困惑的土井才剛發聲，千束已經擅自構思如何消除運動不足，而且土井也被迫參加。

結果就是沿著隅田川的十公里健走，而且土井還必須穿著皮鞋參戰。

果然自己已經老了嗎？失去年輕活力……雖然起初還這麼認為，但是仔細一想，自己在二十來歲的年紀也不曾走過這種距離。

等到健走結束，全身上下理所當然疲憊不堪，雙腳也被鞋子磨破皮。

千束兩人也穿著類似樂福鞋的皮鞋，他以為大概也和自己差不多，不過兩人在經歷長達十公里的健走後，看起來依然毫無倦色，而且也不像是有磨破皮。

據說雖然鞋跟有點高度，她們穿的是注重運動方便而生產的特殊型號。千束笑道：「要做出媲美好萊塢的槍戰動作也沒問題。」……看來這年頭的學生用品也和過去大不相同了。

土井隔天因為疲勞，之後則是因為肌肉痠痛，一共在床上躺了三天。

7

不知不覺間，土井對LycoReco咖啡廳的印象轉變為一走進店裡就會遭受某些不合理要求的地方。

每次一到那裡，都會被迫做某些事。

散步、觀光、運動、用餐、玩遊戲、看電影……等等。

雖然也曾想過她們邀約自己這個年紀的人究竟有何目的，但是一想到對方似乎正在等待，又無法置之不理。

已經許久未曾受到別人的期待，不管身體多麼疲憊，雙腳還是自然而然走向該處。覺得自己稍微變得年輕一點。

於是土井日復一日前往LycoReco咖啡廳。為了能夠應對任何狀況，方便運動的衣物、毛巾、運動鞋都放在背包裡。僅此一次穿著休閒服造訪店裡時，被她們拖去看電影，之後直接前往飯店最頂樓的餐廳，因此正式的服裝也不能少。

然而儘管如此，有時終究無法應對。因為前幾天還去了常去的壽司店，品嚐了那邊的員工餐。

正式服裝顯得太過嚴肅，運動服又太過休閒，無論哪一邊都有些尷尬。

像這樣隨著心血來潮決定目的地，對千束和瀧奈兩人來說想必也不容易……雖然土井原本有這個想法，在此有了意外的發現。

她們的學校制服不管置身何處，都不會顯得格格不入。

當然如果是在夜晚的居酒屋或許還是有些突兀，不過在白天的居酒屋吃午餐的情景也不至於啟人疑竇。反過來說，就算前往高級餐廳，只要隨行者打扮得有模有樣，這身制服也不至於違反服裝規定。換作是休閒場合，也就是運動或娛樂場所，更是理所當然相當融入。

學校制服既是正式服裝，也是日常打扮。

置身何處都不會覺得奇怪的服裝。

而且強調稚氣與年輕。

因此不管置身何處都不會讓人抱持警覺心，不管做什麼事都不至於醒目。

土井雖然覺得羨慕，不過他發現成年男性也有類似的打扮。

那就是西裝。總之只要有西裝就夠了……雖然曾經一度這麼認為，但要是有個腳踩皮鞋，打著領帶的男人出現在運動場，還是難免會引人注目吧。

不過反過來說，如果是在夜晚的居酒屋，反而是最融入的……

心裡想著這些事的土井推開LycoReco的門。

「歡迎光臨……今天能過得悠哉一點喔。」

一走進店裡，店長就對他這麼說。根據他的說法，千束兩人似乎正在忙著處理其他工作所以不在店裡。大概是外送咖啡豆之類的吧。也有可能只是稱呼學業為工作。

無論如何，今天似乎不會被千束耍得團團轉了。

土井感覺自己心中湧現幾分安心與些許遺憾。

「話說回來，其他人也不在啊？」

「是啊，她們也有工作要忙。」

平常總是在店裡懶散打發時間的胡桃與瑞希也不在。像是要代替她們一般，店裡的常客不時幫忙送餐。

換作是過去的土井，一定會覺得這間咖啡廳很奇怪，但是如今也都認得常客們的臉孔。

這種距離感十分舒適，土井有時也會抓住機會，隨意地伸出援手。
這種感覺真不錯。他是發自心底這麼認為。
主動加入新的社群。自己已有幾年沒有做過這種嘗試了？
即便是還在工作的年紀，大概過了三十多歲之後，便不再構築新的人際關係，現有的聯繫也一一斷絕——自己的世界毫無疑問變得愈來愈小。他認為等到縮小到了極限，什麼都不剩的時候，想必就是土井善晴這個人的終點吧。
然而現在呢？自己的世界似乎有了再度擴張的跡象。
「換作是以前只覺得天經地義……卻莫名有種新鮮感，果然也是變老的證據吧？」
就在客人逐漸散去時，土井輕聲吐露心境。米卡聞言沒有停下手上的工作，只是回了一句：「是指什麼呢？」
參加新的社群，追求新的體驗……指的是這方面。土井如此回答。
「跟年齡什麼的沒有關係。千束會這麼說吧。」
「真是年輕啊。」
「是啊。不過……我覺得也有道理。人只要上了年紀，無論要做什麼，阻力都會愈來愈大……不過也只是有所阻力，終究不是動彈不得。只要有意願，一步一步慢慢來就好。」
「但是萬事起頭難啊。」
「是啊，的確如此。不過如果有人在背後推一把，或是在前面拉著跑……也許出乎意料簡單。」

「…………你是指那些孩子……嗎？」

「今天就由我來試著扮演這個角色吧……請用。」

米卡遞來的盤子上放著黑色、粉紅、綠色、黑色四個顏色——原來是牡丹餅拼盤。接著又送上一杯咖啡。

恰巧特調咖啡已經喝完，咖啡續杯雖教人高興，不過要配牡丹餅似乎……牡丹餅至少該配茶吧。

「店長，其實我之前就想說了……和果子配咖啡實在滿怪的。」

想必已有無數人當面對他說過了吧。米卡面露有如開導孩童的微笑。

「從左邊依序是豆沙、櫻花、抹茶、紅豆顆粒餡。建議先從豆沙或紅豆餡開始品味。請先嚐嚐吧。」

真是沒辦法。

在米卡的催促下，土井在四個並排的牡丹餅當中選了最左邊的豆沙。雖然附上代替叉子的竹籤，不過因為有擦手巾，嫌麻煩的土井直接用手拿起。

也許是因為有四個，尺寸比一般的牡丹餅要小。

張嘴咬下，濕潤飽滿的紅豆餡觸及唇齒。在口中咀嚼幾下，搗過的糯米帶有恰好的顆粒。這是牡丹餅獨特的宜人口感，吃起來趣味無窮。糯米和紅豆餡在口中混合，十分順口。

紅豆餡的甜度適中，同時嚐得到糯米特有的甜味與美味，以及在背景襯托這一切的鹽味，比例拿捏十分用心。

對於習慣飲酒的自己，其實不太喜愛甜食。但如果是這種水準，那麼的確美味。如此心想的土井嚥下口中的牡丹餅。

「嗯，很好吃喔。雖然很久沒吃了，這個真是不錯。」

「接下來──」米卡邊說邊以手勢示意咖啡。

今天的店長特別強勢啊。土井雖然這麼想，還是面露苦笑拿起咖啡杯，送到嘴邊……隨即便大為震驚。

「……很配？……跟和果子……？」

咖啡與和風的甜味並不衝突。反倒像是拭去口中甜味的殘渣，適度且清爽的苦澀──

「這杯不是特調吧？」

「是使用淺培曼特寧咖啡豆的美式咖啡。」

「……原來如此，換成口味清淡的美式咖啡就搭得起來啊。真是意外。」

「不，平常的特調也沒問題。只是我們店裡的牡丹餅比較小，但是數量較多，分量也不少。特調可能不夠爽口，於是選了美式。」

「是這樣啊。那麼為什麼咖啡與和果子這麼搭呢？是魔法嗎？」

「有的國家曾經傳說咖啡之中藏有魔法。不過這種搭配和魔法無關。當然有些和果子會被咖啡蓋過去，但是至少紅豆餡和咖啡十分相襯……畢竟彼此都是豆子。」

聽他這麼一說似乎真的有其道理。雖然不知道是否真的相配，但是這句話有種莫名的說服力。

在某種懷念的心情──好奇心的驅策下，土井又嚐了一口牡丹餅，這回他在完全吞下牡丹餅前，啜飲美式咖啡。

哦～很不錯嘛。

要不是現在口中有東西，這句話肯定會不由得脫口而出吧。

剛才的美式咖啡拭去殘留在口中的豆沙殘渣，使他能馬上接著下一口。

但是這次的豆沙餡與糯米的甜味突顯咖啡的醇厚……使得風味更有層次。

「原來如此……我不討厭這種感覺，不，應該說喜歡。嗯，我喜歡這個。」

不過剛才吃的是豆沙牡丹餅。雖然明白豆沙餡與咖啡相配，不過櫻花和抹茶又是如何？而且抹茶可是茶喔？

土井加快動作吃完豆沙牡丹餅，立刻朝下一個牡丹餅伸出手。那是櫻花。

「……哦～」

櫻花口味表現也很不俗。將鹽漬櫻花加入白豆沙所製成的餡料，就氛圍來看，即便是美式咖啡，恐怕也會蓋過牡丹餅的味道……不過事實並非如此。

當雙方在口中融合時，也許是因為以白豆沙為基礎，那股優雅的甜味即便被蓋過，在咖啡的苦味與醇厚之後，帶著些許鹹味的櫻花瓣依舊綻放清爽芳香，實在教人覺得有點奸詐。

簡直就像風味咖啡。土井的嘴角不禁浮現笑意。這個搭配不只是用舌頭品味，更加強化了嗅覺方面的享受。

然後是抹茶。將抹茶牡丹餅送入口中，這回則是兩種苦味共同演出，不過當然不會苦得教人皺眉，而是適當的微苦。那種微苦抑制了甜度，轉變為清爽的印象。是最為成熟洗鍊的滋味。

最後則是紅豆顆粒餡。當然同樣萬無一失。

一口氣吃完之後，土井這才回過神來。

這個牡丹餅拼盤真是了得。無論從左或右開始品味，都會在開頭傳授紅豆與咖啡的配合先讓人安心，接下來讓人冒險，最後再度用紅豆迎向放鬆沉穩的結局，就是這樣的安排。讓自己這種對咖啡與和果子的搭配抱持疑問的客人不禁拍案叫絕，表現精彩的一盤。

被擺了一道——土井笑著看向米卡。米卡也回以彷彿在說「對吧？」似的笑容。

「坦白說我很驚訝。真是新發現……你的意思是不管什麼事都該去嘗試嗎？」

「無論到了幾歲……不，正因為上了年紀，更應該如此。正是懷有刻板印象，更容易因為新的發現而吃驚。這是非常美妙的體驗。」

「很難實踐就是了。」

兩名男子相視而笑。

「因此我有一個提議。您覺得呢？反過來想，既然人生已經所剩無幾，時日無多。」

聽到米卡這句話，土井不由得皺起眉頭。

雖然訝異米卡會說這麼殘酷的話，但是米卡的表情還是那麼溫柔。

「人生所剩無幾。現在這個當下也在不斷流逝。一旦人這麼想……大概就沒辦法一直乖乖停留在原處吧？」

土井不禁感到吃驚。

整天想著自己年華已逝，時日無多不是好事，關於這點用不著任何人說，大家自然而然都會這樣想。

還很年輕，有的是機會。這麼說能免於爭執，同時也是禮貌吧？

不過米卡故意說了反話。

「這種話有些人聽了會覺得沮喪。」

「是啊。既然剩餘時間不多，一定也有人會認為做什麼都沒用而就此放棄吧……不過現在的您並非如此吧？您能接受無所事事，坐等時間經過的人生嗎？」

短暫思考後，土井豁然開朗。

雖然不知道不久前的自己會如何回答。

但是，現在確實如同米卡所說……

人生已經所剩無幾。一想到這裡，比起陰鬱的心情，更加清晰浮現腦中的是想趁現在去做，必須去做的事情，那麼一來便給了自己動力，告訴自己必須有所行動。
那也許是因為與千束和瀧奈共度的時間，她們將土井原本認定與自己無關的事物擺到他的眼前。
在人生旅途上，自己的世界雖然會隨著年齡而逐漸封閉，但是只要稍微去嘗試，出乎意料的發現依然俯拾即是。
況且……光是要將這間店的甜品與咖啡的組合全部嚐過一遍，肯定需要一段時間吧。
可不能只點一杯咖啡一直鬱鬱寡歡地坐著——
一旦明白這件事，世界就是這麼簡單地擴展——
「還不錯。挺行的嘛。」
對吧？米卡的微笑彷彿正在對自己這麼說。
真是好男人。如果自己是女性，恐怕會被那帶有包容力的笑容迷得神魂顛倒吧。
「雖然本人似乎沒有特別注意，但這其實是千束的想法……是她的人生觀。珍惜每分每秒活下去。」
「你是說千束妹妹？明明還這麼年輕。」
「那孩子也經歷過很多事。」
打從這個年紀就珍惜時光活下去……究竟有著多麼波瀾壯闊的人生呢？
感覺十分美好。

「……哎，不過也因為這樣，她總是既吵鬧又匆忙就是了。」

土井笑了。他覺得這樣也沒什麼不好。

「人生所剩無幾啊……」

想著這件事的土井看向窗外。

燦爛陽光照進室內。夏日已近。潮濕悶熱的天氣已經不遠了。

這樣的季節……究竟還能迎接幾次呢？這段時間還能有幾次上山下海呢？與友人把酒言歡的幸福時光又剩下多少……

一旦去思考，感覺陰鬱的心情再度湧現，但是時間在垂頭喪氣之時依然流逝。

一想到這裡……總之應該有所行動。感覺不能虛擲光陰。

到了夏天就想去旅行，上次有這種想法已經是大約五年前了。

今年該怎麼辦呢？該去哪裡才好——不，乾脆隨便買張機票上飛機……不，搭上電車任憑搖晃的車廂帶著自己前進也滿有趣的。

不管做什麼，肯定都很美妙。

自己本來就明白這種事。過去卻總是提不起勁。

明知自己的人生——所剩無幾的壽命可能已經沒有「下次再說」。

啊啊，原來如此，這種想法就是「太浪費了」吧。真是貪心的想法。

如果什麼都不做，就等同於賠上時間以及一切。

正因為如此——

「……敗給你了。現在的確不是垂頭喪氣的時候。」

「那麼，要先從哪件事做起呢？」

「總之先試著嚐遍這裡的甜品吧。」

「非常好。不過其中也有不少大分量的品項，要分成好幾天。當然為了維持健康，運動也不能少。」

「就這麼辦。」

兩名男子相視而笑時，門鈴響了。

——噹啷噹啷。

「我回來了——！千束和瀧奈回來了喔——！」

與其說精神飽滿，氣勢驚人更加貼切。猛然打開店門現身的人是千束與瀧奈。

還在店裡的常客紛紛向她們搭話，這個景象與其說是招牌店員回來，更像是凱旋。

「啊，老師。新外送的委託（Order）來了，麻煩準備一包。說要店裡最推薦的好豆子！裝得滿滿喔！啊，土井先生～你……來……了喔？……啊，快過來，瀧奈！」

一臉疲累看似睡眠不足的瀧奈原本站在千束身後，這下硬是被她推到土井面前。

她看向土井所在的吧檯，見到桌上空無一物的牡丹餅拼盤，回過神來。

「已經……嚐過了嗎？」

最好要維持無論何時都能立刻投入工作的狀態。就算槍枝的清潔保養暫且延後，至少應該先補充彈藥……這些道理千束雖然明白，但她覺得這些事晚點再說也無妨。

她不願意過著隨時把戰鬥放在心上的生活，況且就算真的遇到緊急狀況，她也有自信只用一個彈匣就脫身。

瀧奈離開更衣室，走向設有射擊練習場與彈藥庫的地下室之後，瑞希像是與她換手一般從店裡進入更衣室，同時剛才在店舖壁櫥當中遠距離支援千束等人的胡桃也現身了。

「妳那是什麼表情？」

「咦？咦～？妳說這個？這個啊……如此如此這般這般……懂了吧！」

哦～兩人發出感嘆的聲音。

「所以這是怎樣？瀧奈那傢伙真的迷上土井先生了？」

「確定確定，旗標完全立起來了。」

「我是不太懂，但是這種時候接下來會怎麼樣？」

胡桃的問題讓千束停下更衣的動作，半裸的她雙手抱胸，偏頭思索。仔細一想，千束發現自己也不太清楚。

在遊戲之類的作品只要將好感度提升到一定程度，對方就會來約主角約會，提出交往的請求就是了……

千束如此說明之後，這回輪到胡桃感到不解。

「問題是這個推測是建立在土井把瀧奈當成戀愛對象才有可能發生吧？先不管好感度提升什麼程度。」

「年輕小夥子只要欲火焚身，接下來只是遲早的事……不過土井先生就難說了。沒那麼容易吧？好歹也是知所進退的年紀了。」

聽到瑞希這麼一說，千束著急了。

這是怎麼回事，都將好感度升到立起旗標的地步，難道這一切的工夫都白費了嗎？好不容易安排到這種地步了！

「欸，瑞希的說法是只要土井先生意識到瀧奈……就ＯＫ了？」

「也許吧？」

「既然這樣，剩下的包在我身上！」

千束連忙換上咖啡廳的制服，奪門而出奔向外場。

儘管店內眾人的視線聚集過來，她也不以為意。美少女受人注目乃是家常便飯。

重點是土井，土井在哪裡？還在，只是要回去了，而且正要走出店門。這可不行！

千束也跟著走出店門，連忙叫住他。

「怎麼了嗎，千束妹妹？啊，難道有東西忘了？」

「不，不是那樣的……只是有些話想說。」

千束調整呼吸，決心把話說出口。

其實——

最近她們為何頻繁約土井出遊？

一切的契機其實是瀧奈的心意……

也許是自己多管閒事。但是與其袖手旁觀而失敗，千束寧可先做再說。

既然已經為此付出努力，就不願過去的努力付諸流水，更重要的是千束希望瀧奈能更常露出笑容。希望她能幸福。而且只要實現，過去一直鬱鬱寡歡的土井先生，想必也能朝新的人生踏出第一步。

沒錯，這是雙贏。千束喜歡這種說法。

沒有人吃虧。大家都幸福。如果某人得到幸福能讓周遭旁人也跟著幸福起來……世上沒有比這更美好的事。

所以了……！

「所以說，那個……瀧奈真的很喜歡土井先生……那個，如果有一點可能性的話，可以請你認真考慮看看嗎？」

奇怪？原本只是打算請他多注意一下瀧奈，怎麼好像全部說出來了……？

——不過算了，沒關係吧！

雖然有種朝著笊籬蕎麥麵全力淋上沾麵醬的感覺，但是千束決定不再多想。

後悔也沒有意義，後悔的時間只是浪費，既然如此就要接受當下的狀況，朝著未來前進。這是錦木千束的人生態度。

「咦？啊……是、是這樣啊……該說出乎意料嗎……人生還真是料想不到會發生什麼事……這是真的嗎？」

「是真的！我保證！……呃，你果然完全沒有發現嗎？」

一句「完全沒有」幾乎就要脫口而出，但是土井沉默了。以**這樣**的前提回顧過去，似乎真有不少蛛絲馬跡。

自己明明只點特調，不知為何瀧奈每次都會一板一眼前來詢問。在帶著他四處跑的過程中，瀧奈也時常表現出意圖讓土井提振精神的言行。

土井舉出這些疑點後，千束「啪！」地拍響手掌。

「沒錯！毫無疑問就是這樣！戀愛少女的笨拙攻勢！內向女孩使盡全力的示愛！你明白嗎？兩人的故事已經揭開序幕了！」

這場戀情絕對會順利。不，是已經成功了。千束如此確信。

自己正是邱比特。

當然會在結婚典禮上擔任主持人，以及與其他LycoReco的成員們齊聲合唱《瓢蟲的森巴舞》吧！

全部包在我身上！

9

千束奪門而出之後，瑞希注視著更衣室的門，以無奈的聲音說道：

「就是有啊～那種雞婆的傢伙。最後把事情搞砸的大多都是那種人。明明是來牽線的，最後男方卻喜歡上她，很容易演變成這種最糟的情況。」

「瑞希，妳好像很埋怨喔。有過親身體驗？」

即使胡桃出言挖苦，但瑞希一副隨便妳們怎麼解釋似的只回了一聲：「哈！」

「剛才好像吵吵鬧鬧的，發生了什麼事嗎？」

瀧奈從地下室回到更衣室後，瑞希與胡桃為了蒙混過去而聳肩。

「只是千束一如往常**發揮個人本色**。別介意。」

「不如就直說了吧？瀧奈，妳對土井先生有什麼看法？」

喂！胡桃忍不住看向瑞希。只見她擺出煩躁的表情。看來她的興趣範圍真的僅限自己的戀愛，對其他人的戀情發展一點也不在乎……說不定還感到幸災樂禍。

不，也許單純只是看起來滿順利的，讓她不太愉快而已。

她當然討厭自己變得不幸，而且第二討厭的就是見到別人幸福。她就是這種女人──胡桃如此推測。

「妳說土井先生？……我覺得很好。看起來有精神了。」

「不是啦。不是問這個，是問妳喜歡不喜歡。如果喜歡的話就早點——」

「我討厭他。」

「……………………嗯？」

出乎意料的發言讓胡桃愣在原地。瑞希的反應也一樣。原本是在問她是否明白自己的心意，彼此都認為早已過了喜歡或討厭這個階段才對……

「討厭……咦？喂，瀧奈，呃……？可是妳一直以來不是都很在意他……咦？」

「我是很在意啊。儘管到了人多的時段還是一直占著座位，只點一杯咖啡就坐好幾個小時。就客單價來說差勁透頂，更何況像他那樣一直鬱鬱寡歡，對店裡的氣氛也不好。」

好一會兒，奇妙的沉默都充斥整個屋裡。

「……那個，所以說，瀧奈會特別在意土井，只是為了想辦法提升他的客單價，還有希望他不要散發鬱悶氣氛……？」

「就是這樣。還會有其他理由嗎？」

「我以為妳把他當成男人看待……」

聽到瑞希這句話，瀧奈露出彷彿完全無法理解的表情。

「我一直把他當成男性啊……難道是女性嗎？」

不是這個意思啦。瑞希傻眼地叫道。胡桃也提出疑問：

「稍、稍等一下。既然這樣，還有其他這種客人……對了，那個作家米岡呢？那傢伙也是每隔一段時間就會霸占吧檯，煩惱好幾個小時吧？瀧奈對待那傢伙就很普通……」

「那個人說過糖分不夠腦袋就不靈光，每次都會點甜品啊。一旦覺得想睡，還會連點好幾杯咖啡和濃縮咖啡。對店裡營業額的貢獻是頂尖水準。」

一想到方才衝出店裡的LycoReco咖啡廳的失控列車——千束現在的所作所為，胡桃的背便冒出冷汗。

「……這表示妳對土井真的沒有什麼感覺？」

「之前是討厭。不過最近終於會點甜品了，很好。我想今後不會再那麼討厭他了。」

「妳不是常常跟他一起出遊嗎？」

「那是千束每次都強拉著我……她有什麼用意嗎？」

「哎呀……妳要問為什麼，我也……」

瀧奈見到胡桃支吾其詞，大概是認為繼續等待也沒用，視線在兩名同事的臉龐來回游移之後，隨即便俐落更衣，將黑色長髮分成左右兩邊，走向咖啡廳外場。

「……這下子怎麼辦？」

瑞希以百般無奈的表情詢問胡桃。

妳問我怎麼辦，我又能怎麼辦？千束唯獨行動快人一等，現在恐怕已經太遲。

況且一開始會錯意的人就是千束，擅自想推動兩人關係的人也是千束，一切都是千束，千束千束千束……

沒錯，這是千束的錯。胡桃做出結論。

「不關我的事。全都是千束不好。」

胡桃將剛才聽聞的一切都藏進心底，彷彿松鼠回巢般走向二樓榻榻米座位的壁櫥。

「哎，我也管不了這麼多～……不過，好吧，這是一開始就能料到的結果吧～」

可以聽見瑞希的唸唸有詞。

胡桃在心中表示同意，關上壁櫥的拉門。

10

——真是出乎意料。

千束在白天時說過的話語，讓土井感受到從未體驗的衝擊。

五十五歲。原以為接下來的人生只會日漸孤立，沒料到都到了這把年紀，還有這種事情在等著自己。

井之上瀧奈。雖然不知道確切年齡，大概是十來歲吧。有著一頭烏黑秀髮的美麗少女。

在蟬鳴聲之中，土井久違地搖響LycoReco咖啡廳的門鈴。

包含米卡在內，在顯得有些吃驚的常客迎接下，他走向平常的吧檯座位。

眾人的反應也是人之常情。不只是許久未見，外表也有所改變。顯然變得年輕了。

肌肉稍微增加，更明顯的是減去多餘的贅肉，細心保養使得肌膚亮澤飽滿。

話雖如此，他並未勉強選擇年輕打扮，沒有愚昧捨棄五十五歲特有的成熟魅力。

成熟穩重，成年人的日常打扮。

踏踏踏。瀧奈踩響木屐，手拿著托盤靠了過來。

「土井先生，好久不見……請問要點什麼？」

態度還是一樣平淡。之前幾乎天天報到，突然隔了三星期才現身，也只有一句好久不見。非常帥氣。很不錯。

土井的視線掃視店裡。

正在接待客人的千束不動聲色對土井使個眼神。像是在告訴他「一定行的」。

土井從瀧奈手中接過菜單看了起來。

「嗯～要點什麼才好呢……總之先來個三色丸子，還有適合的咖啡。今天果然還是冰咖啡吧。然後……除了點餐之外，如果瀧奈妹妹願意的話，要不要在工作結束之後一起去吃頓飯？就我們兩個。」

土井擺出最棒的帥氣表情，充滿自信地開口。

此後的結局，已經無須多言。

Introduction 2

廢棄工廠的地下倉庫，其中一角被稱為客廳。

單純只是這裡隨便擺了沙發，此外儘管是有線網路，這裡還是地下唯一有網路的地方，因此眾人自然而然大多時間都在此生活（Living）。若非如此，這個沒有窗戶也沒有廚房，只是用來存放大量毒品的場所，也不會被人稱為客廳吧。

至於他——人稱鬥牛犬的男人，總是待在客廳角落，啜飲喜歡的咖啡。罐裝咖啡。

自從來到這個國度，第一次知道世上有這種飲料。

他認為祖國似乎沒這種東西。也許有，但是他不曾見過。

他對雇主說過，想要僱用他們的話一定要有咖啡，於是在抵達這塊土地時，雇主便給了一整箱。

鬥牛犬不覺得自己有多麼講究味道，但對於這東西實在無法苟同。每次飲用，有如金屬的刺激總是讓味覺感到煩躁。最糟糕的是咖啡豆用量太少，感覺像是用香料敷衍了事。

不過他還是喝了。因為沒有其他咖啡。

鬥牛犬的祖國實在稱不上是富裕的國度，然而那裡是咖啡豆的產地，單論便宜買到高品質的咖啡豆這件事，祖國的確是人間天堂。

年幼時，病榻上的祖母曾經告訴他。

美味的咖啡暗藏魔法。

有時讓人更加把勁，有時則讓人心靈祥和……咖啡發揮的種種功用，最後抵達的終點總是「幸福」。

但是，這個罐裝咖啡的未來想必沒有這麼美好。

他無法斷定是世上所有罐裝咖啡都如此，還是這個特別難喝。

「……哼。」

無論如何，他也別無選擇，只能飲用這玩意兒。

靜靜地啜飲咖啡，每次都會想到遙遠的祖國。

在那個國度，自己這種人想要活下去只有拿起槍枝，大鬧一場之後離開祖國。

隨波逐流來到遠方，位處亞洲邊緣的日本。在這裡盡是接些沒賺頭的工作。有如被用在這罐咖啡的咖啡豆。

不過除了咖啡之外，他認為這是個好國家。

罐裝咖啡雖然難喝，但是食物美味。可以嚐到以中華料理為首的各式豐富料理，連鬥牛犬祖國的料理都能吃到這點讓他吃驚，而且大多比正宗的口味更加精緻。

香辛料的種類較少，而且配方大多經過調整，不過這大概是為了配合日本人的味覺，此外更根本的原因應該是食材新鮮，因此只需要最基本的去除異味效果即可。雖然不夠刺激，但是還算不差。

「這個國家是個好地方。」

這回的男性雇主正在與電腦螢幕另一側的某人交談。雖然使用英文，但雇主是「亞洲人」。從外表來看確實如此，他自己似乎也對此有所堅持，以這個名詞**當成自稱**。

簡單來說，無關乎人種，雇主的名字就是「亞洲人」。

根據他的說法，日本、中國、韓國、越南，再加上占比很低的新加坡與蒙古，此外還參雜了些許北歐血統，而且還是在偷渡船上面出生。因此從來無人知曉他究竟是哪裡人，本人也不感到介意。

所以他就是「亞洲人」並引以為傲。因此他自稱歐亞大陸的東邊都是自己的祖國。

這個膽識令鬥牛犬覺得頗有好感。

「對，這個國家是個好地方。多少毒品都賣得出去。還留有極大的市場等著我們參與，真讓人忍不住發笑。為什麼沒被任何人盯上啊？換成其他國家，爭奪地盤都要真槍實彈，打打殺殺啊。在這個國家連一槍都還沒開過！」

喝乾不怎麼好喝的罐裝咖啡，鬥牛犬閒來無事，於是看向亞洲人交談的對象——他面前的螢幕。

那是日本人的——俗稱黑道的日本黑幫吧。又或是還不到黑道程度，由年輕人組成的小混混集團。看起來約二十歲左右，容貌莫名和藹可親，頭髮則是混雜金與黑的奇異雙色……應該是屬於後者吧。

這次來到日本時，透過走私船從國外帶進來不小的數量，因此應該有複數買家。恐怕只是眾多小買家之一吧。

透過傳到耳邊的交談內容推測，除了一般的銷售方法外，他們似乎還有獨門特殊管道。這部分好像是薄利多銷，不過總額似乎無法輕視。

他們似乎提到什麼香草茶，不過對於只專精於槍與血與咖啡的鬥牛犬來說，顯得無法理解他們的對話內容。

算了，無論什麼都好。不管毒品最後賣給誰，類似自己這種武裝集團只負責保護貨物和雇主。而且只要不出麻煩就用不著上場——他如此加以切割。

『不過你可別大意了，亞洲人。為什麼我們這種新興團體還有做生意的空間……我一直很好奇。問了客人才知道，在這個國家只要有人在進行大筆生意，**無論如何**最後好像全都會被幹掉。』

「因為同行競爭？」

『不曉得。但在瓦解之後，據說市場的供給量會有明顯下降，所以八成不是同行……話雖如此，好像也不是警察。沒有貨物扣押的紀錄，也沒有逮捕的消息。當然也沒有屍體。只是整個團體消失，之前找他們買毒品的客人找不到門路，有如喪屍四處徘徊。真是詭異。黑社會的都市傳說。』

「我懂了，是正義的英雄。」

亞洲人笑了。螢幕另一頭也傳來笑聲。

『也許吧。好吧，不管怎樣自己當心……』

螢幕上的男人停下動作。

過了數秒鐘，影像中斷。網路似乎斷線了。

鬥牛犬正準備要打開第二罐咖啡，也不禁停下動作。

——怎麼回事？感覺**背脊發涼**。

有什麼東西要來了。那是歷經無數生死關頭所產生的直覺，同時也是確定。

特種警察，軍隊……不是這類。那些傢伙更教人感到窒息。

雖然不是那些對手……如今卻彷彿有種冰冷的金屬棒抵著胯下的感覺。恐怕是相當危險的對手。

這……究竟是什麼？是哪種對手？不曾有過這種經驗。

鬥牛犬將罐裝咖啡放到地上，把手伸向工作道具。

覆蓋全身的防彈裝備。以及造就他的鬥牛犬之名，有如巨大項圈的防彈護頸。然後還有鐵面具。

「奇怪～斷線了……喂？怎麼了，鬥牛犬？」

「工作時間到了，老闆。身上好歹有自衛用的槍吧？子彈夠嗎？先檢查一下吧。」

鬥牛犬邊開口邊拿起ＲＰＫ——看似將ＡＫ47加長再加上兩腳架（Bipod）的班用支援武器（機槍）。

「只是網路斷了。話說也有可能是對方那邊停電了，況且——」

照明突然關閉。

果然來了——鬥牛犬如此心想。

亞洲人連忙用無線電聯絡部屬於廢棄工廠內外的自家手下。儘管網路和保險絲都斷了，獨立於兩者的通訊器材似乎還能用。

亞洲人的表情轉為苦澀。鬥牛犬見狀，不用多問也能明白。

工作的時間果然到了。樓上也傳來細微的槍聲。

「好像正和莫名其妙的對手交手。位在地面建築的手下似乎被幹掉不少……鬥牛犬，可以麻煩你嗎？」

「你就是為此把我們帶來日本的吧？儘管放心……話說對手是什麼人？剛才說的莫名其妙是什麼意思？」

亞洲人露出十分困惑的表情。

「他們說……有小女生。」

「小女生？」

「聽說滿可愛的。」

這傢伙該不會也嗑藥了吧？鬥牛犬暗忖。

第二話 「槍火，咖啡，千束的紅花」

雖然千束實際上已獨立於組織之外——即使稱之為非法暴力集團也不奇怪，但是她的裝備規格等同於一般Lycoris。

動員現代日本持有的防刃、簡易防彈、抗紅外線等多種技術製成的制服。配合個人腳部尺寸量身訂製，便於奔跑，內藏金屬鞋頭的特製樂福鞋。兼具槍套功能的劍橋包樣式戰術背包。背包裡是裝滿子彈的複數彈匣，以及數顆特殊手榴彈。除了短刀之外，還有傘兵繩、簡易醫藥包，以及幾項工具。再加上稍嫌誇張的緊急防禦裝置。這一切都緊密整合在背包裡。

瀧奈擁有的背包也是如此，但是千束與隸屬於DA的Lycoris相比，裝備方面有著明確的差異。

那就是槍枝和彈藥。

千束使用的槍是以M1911型為基礎改造的點四五。

槍口有著極具特色的制退器，但是瀧奈從未見過其他槍有同樣的設計，因此可能世上僅此一把。

手槍的制退器主要是在上方設有氣孔或隙縫，藉由射擊時氣體從該處排出的方式，抑制槍口上揚的力道——也就是藉由引導排氣產生制動效果，提升射擊精準度（Accuracy），此外還能減少發射下一發子彈所需的時間。

這個裝置的次要效果則是能將手槍槍口緊貼著目標射擊。就半自動手槍的構造而言，如果將槍口緊貼目標射擊，若是人體之類的柔軟物體，一旦用力抵著目標，槍口很有可能陷入其中，導致滑套後移。如此一來，大多數的手槍都無法射擊，但是由於制退器會固定在槍管或槍身——簡單來說，因為與可移動的滑套沒有直接相連，因此能在用槍抵著對方的狀況下射擊。

千束的制退器前端有幾個尖刺（Spike）圍繞半個槍口，由於造型獨特，即使從遠處也能一眼分辨，同時這也與她某種獨特的使用方式有關。

對千束而言，制退器並非為了射擊精準度，完全是用來打擊的。實際上瀧奈也曾親眼見過千束用槍口破壞汽車的側車窗。

由於實在稱不上是善待槍枝的用法，瀧奈見了只是覺得傻眼，但在得知**某個原因**之後，不禁覺得她會這麼做也是無可厚非。

「比預料中更早被發現耶。」

千束一邊換彈匣一邊笑道。

「沒辦法……事先沒有料到會有訓練莫名紮實的敵人。」

如此回答的瀧奈正在觀察周遭。

兩人置身廢棄工廠之中。靠著胡桃與瑞希的事先調查，查明了根據地——敵方首腦與毒品都位在地下，考慮到遭到圍攻的風險，決定先躲起來掃蕩建築周邊與地表建築部分。

但是在兩人制伏周遭以及屋頂的守衛，一樓內部也只剩下一小部分時，敵人有了反擊的機會，槍聲接連響起。

「可以推測敵人除了毒品販賣組織之外，還有經驗豐富的護衛部隊。裝備和氣氛都明顯不同……不可以輕敵喔，千束。」

遭到敵人發現的瞬間，隱密作戰立刻中止。胡桃切斷廢棄工廠的電力與網路。

時刻還在黎明前。由於黑暗突然籠罩導致敵方陷入混亂，瀧奈兩人便趁機掃蕩地表建築內部。現在只剩地下區域。

兩人一面保持警戒，一面走過已經無人抵抗的一樓通道。雖然應該已經沒有敵人，但是先入為主的想法可能致命。

『貨梯不能用喔。我在地下的敵人擠進電梯往上移動的同時切斷電源，讓他們卡在不上不下的位置。現在要到地下只能走樓梯。』

耳機傳來胡桃的聲音。

大概是想像幾名彪形大漢擠在電梯裡唉聲嘆氣的模樣，千束笑了。

「記得樓梯就在前面吧？」

瀧奈的問題得到肯定的答覆。雖然事先記住地圖，但是重複確認並非壞事。

『沿著路直直走，金屬門後面就是樓梯。不過幾乎可以確定……』

「是啊～肯定會有人吧。一定會在那邊埋伏的～」

『就是這樣，千束。從外面無法觀測。所以讓我的一架無人機先進去確認敵方的部屬。大概會壞吧，但是應該有這個價值。』

「**太浪費了**。而且還會被人嘮叨花太多錢了。」

『這次的開銷DA會出吧？用不著介意。有風險就該避開——』

「我是指時間喔。」

搶在胡桃說完話之前，千束已經從背上的背包裡取出震撼彈（Stun grenade），當場拔下插銷，同時鬆開保險杆。

瀧奈大吃一驚。正常來說應該是在投擲的前一秒再鬆開保險桿，但是千束就這麼握著震撼彈向前跑。

距離爆炸只剩下些許時間，在千鈞一髮之際——千束抵達通往樓梯的金屬門，同時只打開數公分的門縫，將震撼彈扔了進去。隨即便關上門。下個瞬間，光芒從門縫之間噴發。劇烈的爆炸聲。男人們的慘叫。千束立刻開門衝了進去，瀧奈也舉槍跟上。

樓梯雖然有轉彎的樓梯間，但是只有水泥樓梯連接地表與地下樓層。換言之就是很窄。在這個狹小的空間裡，眼睛與耳朵因為強光與巨響失效後，無論任何人都無從反抗。

千束一邊跳下階梯，一邊朝著癱軟倒地的男人們接連發射子彈。

和瀧奈不同，並未裝上消音器(Suppressor)的點四五連發。轟然槍響迴盪四方，緊接著便是男人的短促呻吟。

紅花在只有緊急逃生燈亮起的陰暗樓梯綻放。一朵接著一朵。

有如從敵人體內長出來的彼岸花。

千束蹬向樓梯間的牆壁，雙腳沒有落地便轉換方向，同時更換彈匣。像是將空無一物的彈匣扔在空中，再度朝著樓下跳躍。接著又是連續射擊。紅花四處綻放。

瀧奈也連忙跳躍追趕。當她來到樓梯間往下一看，正好瞧見三名男子倒下的瞬間。

此時有另外兩名男子衝進樓梯。在一臉驚訝的兩人面前，千束以單膝跪姿落地。

面對受過戰鬥訓練的男子時，千束一般都會多開幾槍。

對方到底是地表建築與室外那些只是拿著槍的小混混，抑或是有戰鬥經驗的士兵，她應該沒有空檔一面戰鬥一面確認，因此理應將所有人視為後者加以應對。

也就是說，她的彈匣大概已經空了。這樣下去會有危險。

——這個時候就輪到自己上場了。

但是在瀧奈完成瞄準之前，千束已經有所動作。

千束抬起身體重心的同時，把手槍刺進其中一名男子的心窩猛力毆擊。男子的身體頓時彎身，兩腳稍微離地。

男子還來不及嘔吐，就這麼向前癱軟倒地。

千束解決這名男子的同時，從背包下方抽出新的彈匣，並朝著後方的男子逼近。

跟在後頭的男子雖然手忙腳亂，但也試圖舉起手中的ＡＫ（突擊步槍），不過就在朝下的槍口抬起之時，千束已經避開槍口，逼近到肩膀與手肘能夠觸及男子的距離。

雖說窮鳥入懷仁人所憫，但是這與當下現況似是而非。就算想要開槍，對方也已經近在眼前，整體較長的ＡＫ當然不管用。

但是千束依然能開槍。

貼近ＡＫ男的瞬間，千束已經換好彈匣，擺出極近距離的射擊姿勢——雙手握槍，收攏手肘將槍固定於胸前再開槍。

「紅花」綻放於兩人之間。

男子因此往後仰。千束微微傾斜雙手握住的愛槍，拉到自己的面前便瞬間瞄準下巴開槍。給了最後一擊。

還是老樣子。再次見識到只能說是異常的身手，瀧奈不禁舉著槍愣在原地。

「啊，瀧奈。妳的動作變快了～」

千束對瀧奈微笑並且放下槍，朝著方才癱軟趴下，因為衝擊力道想吐卻吐不出來而乾嘔的男子後頸補上一槍。對方頓時不再動彈。

千束雖然絕對不殺人，但是理所當然會將人打得半死。下手時毫不手軟。

「之前明明更慢的。愈來愈進步嘍，不錯，很不錯～」

了。如果是剛搭檔的時候，在瀧奈準備上前掩護時，千束大概已經打倒所有敵人，走出樓梯了。最近瀧奈的行動速度確實像是受到千束牽引，有所提升了。

不過……

瀧奈認為自己還差得遠了。實力、經驗……不，應該說是超乎常人的「某種能力」。

Lycoris分為三個階級。末席、次席、首席。

實力頂尖的首席Lycoris，據說全都擁有怪物級的戰鬥力。

實際上，過去負責照顧瀧奈的春川風希也是首席Lycoris，她善用自身的嬌小體型，擅長壓低姿勢的超常高速行動，在對抗高大男性對手時發揮出極高的效果。

當然了，風希超乎常識的身手，即便面對同為嬌小女性的Lycoris也能發揮卓越的功效，次席以下的她們即便成群圍攻也不是對手，甚至在訓練後暗中咒罵風希是「蟑螂」。

儘管如此，如此強悍的風希……依然明顯比不上千束。

千束在所有層面都超乎常識。

「行動時請再更慎重一點。萬一要是有個疏失──」

「到時候還有瀧奈嘛～♪」

明明還在戰鬥途中，卻笑得一派輕鬆。讓人分不清她是真的厲害，還是在胡鬧。

瀧奈輕聲嘆息。

「……果然還是實彈好。這麼一來一發點四五就能解決。能用更少的彈藥確保安全。」

千東之所以採取如此異樣的戰法，是因為Lycoris絕不使用，只有千束一個人使用的特殊彈藥。

非殺傷性子彈。也就是俗稱的橡膠彈，不過她使用的是更特殊的彈頭，紅色粉末狀的橡膠——正確來說並非是以橡膠木製成，而是和橡皮擦同樣具有彈性的塑膠——添加金屬粉末增加彈頭重量使其易碎，最後加壓成形而成，簡單來說就是塑膠易碎彈。

彈頭會在命中時化為粉末，產生有如鮮血噴濺的「紅霧」——因此看在旁人眼裡便有如彼岸花綻放。

千束之所以不會隔著一段距離精密射擊，原因可以說是全出在這個彈藥。

橡膠彈基本上質地輕盈，只要隔了一段距離威力就會急遽衰減，也無法精密射擊。而且還是易碎彈，更是強化了這個負面特性。

基於這種條件，若是對上全副武裝的敵人，就只能進行極近距離的戰鬥。以點四五在極近距離射擊，即便是橡膠彈也能造成如同球棒揮擊的衝擊力（Impact）。

因此千束不同於基本上採取韋佛式與等腰三角式射擊姿勢的Lycoris，而是以一般認為在近距離戰格外有效的ＣＡＲ系統為基礎的獨門射擊姿勢。

特別不同的是延伸姿勢。意即當雙手握槍，微微斜舉在臉部前方時，按照標準的ＣＡＲ系統會以握槍的慣用手手背擋住單邊視野——右手握槍就遮右眼——再以另一隻眼睛透過槍的準星進行瞄準。但是千束不會遮擋一隻眼，而是用雙眼瞄準。過去詢問她得到的回答是

「瞄個大概就好，這樣就夠了」。推測原因可能是千束沒必要考慮極近距離以外的射擊，以及不願意讓視野有任何瞬間受到限制。

畢竟千束是個樂於衝進敵陣交戰的傢伙，應該希望盡可能掌控周遭狀況吧。

又或者她是以右撇子而言，比較稀奇的左眼視力較好的類型，就算沒有完全遮住右眼，也能夠以準星瞄準。如果真是這樣，雖然瀧奈還沒有親眼見識，但如果千束切換（Switching）左右，屆時可能就會變成教科書上的CAR系統。

「沒關係沒關係。我就是喜歡不殺人的方法嘛。所以我這樣就夠了。而且其實這樣也有方便之處喔？」

「儘管到了現在，還是難以理解。」

「總有一天會懂的。」

「現在告訴我也無妨吧。」

「我就是喜歡吊人胃口嘛。」

瀧奈感到有點煩躁。

「……就算勉為其難接受不殺人的做法，憑藉千束的身手，就算使用實彈也能不取性命並讓敵人無力化吧？」

「那就交給瀧奈了。各司其職！最佳拍檔！就是這樣，快點走吧。」

千束邊說邊將與胡桃等人通訊用的無線電中繼器貼到樓梯的牆上。

「有什麼趕時間的理由嗎？」

「哎呀？追求合理又討厭浪費時間的瀧奈小姐居然會說這種話……哼哼～一定是熱情地想和心愛的千束姊盡可能相處久一點吧？」

「才不是。」

「嗚嗚～……」

「所以有什麼理由？」

「如果能早點解決，我想在LycoReco開店前的這段時間和瀧奈一起看電影啊～記得嗎？之前和土井先生一起看的喪屍電影，那一部的前作！其實一比二更經典喔！」

我就知道是這樣。瀧奈顯得很無奈。

「妳正在想『我就知道是這樣』吧？」

「沒錯。請不要讀別人的心。話說既然妳也知道……」

「好～出發嘍～」

大概是不想再聽瀧奈囉嗦，千束快步衝出樓梯。

瀧奈輕聲嘆息，隨即追逐千束的腳步。外頭是條陰暗的走廊。

稍微前進之後轉個彎，就是一條有點長的直線通道。如果敵人已在通道另一頭等候，基於前述的理由將對千束不利。一旦交戰距離拉遠，瀧奈就必須提供掩護。

「嗚哇！」

跑在前方的千束在即將轉彎的瞬間向後跳。

「好、好像有東西！」

有東西？瀧奈感到懷疑。她與千束交換位置，從L形通道轉角處稍微探頭確認，便立刻往後退。

因為已經斷電，暗得幾乎什麼都看不見……但是靠著設置於各處的緊急逃生燈，確實能在通道最深處隱約看見人影。目測距離應該有三十公尺，但是**總覺得**不太對勁。

瀧奈屈身蹲下，從和剛才不同的高度再次快速探頭確認，立刻又退了回來。這次總算遭到射擊。步槍彈，是AK之類的，大概是點三〇口徑。比剛才探頭的位置略高的牆角瞬間被削出數個缺口。

瀧奈明白了千束所說的「有東西」的意思。

是個人影。但是那個人影異常巨大。壯碩如熊，身高看起來也和熊差不多。也許是因為那人並未躲躲藏藏，也沒有貼著牆面，挺立在通道中央的態度過於大方，因此看起來又更大了些……不過肯定很高大。大到讓人抓不準距離。

「胡桃～可以只恢復地下倉庫前方通道的電力嗎？」

『真的好嗎？會被看得一清二楚喔。』

「可以啊。大概沒差。」

黑暗往往對襲擊方有利，但是當對方已經嚴陣以待時，便沒有太大關係。再加上這次沒有攜帶夜視鏡之類的裝備，反倒是對方可能擁有。因此瀧奈並未反對千束的做法。

過了數秒鐘後，照明恢復了，千束將手機的鏡頭伸出轉角並且拍照。看到拍下的照片，如同瀧奈方才第一印象的畫面映入眼中。

全身——看起來從頭到腳都是防彈裝備的漆黑巨人。從通道的高度來推測，身高大概接近兩公尺。

遇上這種對手時，有效的攻擊部位如關節等處也被球型護具所覆蓋，防護幾乎沒有死角。頭部也受到只有眼睛部位挖空的鐵面具保護，至於需要活動而且可能妨礙視線而難以防護的脖子，也被看似鉚釘狗項圈的巨大護頸環繞。

同時攬在腋下的ＲＰＫ則是班用支援武器版的ＡＫ。上面裝著七十五發的彈鼓。

那副模樣堪稱如虎添翼。為了守候背後那扇通往倉庫的金屬門而挺立於通道中央的身影，看起來甚至感覺得到威嚴。

『那不是鬥牛犬嗎？』

「是胡桃的朋友嗎？」

雖然瀧奈問得一本正經，「喂喂喂～」卻聽見千束的低聲吐槽，瀧奈懷疑自己是否說錯了什麼。

由於胡桃是黑社會知名的Walnut（駭客），瀧奈以為她有這方面的人脈也不奇怪……

『開玩笑也該有個限度。只是特徵太過明顯才會記得而已。他是小型傭兵團的團長。全

瀧奈想像得還要更快變淡。

「嗯～還差一點啊。」

鬥牛犬的零星射擊停止了。大概是視野逐漸清晰了吧——在此同時，千束伸手露出槍口，朝著通道另一頭射擊。沒瞄準的子彈當然打不中，就算打中也只是橡膠彈。瀧奈無法理解她的用意。

「……什麼？橡膠彈？……開什麼玩笑？」

嗓音粗獷的英語傳來，應該來自鬥牛犬。話語聲方落，一陣槍聲便緊接而來。全自動射擊。千束把手伸回來，牆角又被削去一些。

「好，差不多該上了。」

「……咦？」

「鬥牛犬的ＲＰＫ，大概只剩五、六發。」

「……妳剛才不會一直在數吧？」

「咦？瀧奈沒數嗎？太粗心了～♡……要上嘍！」

千束拋下這句話便衝了出去。

如果是點放還能理解，或是二十到三十發的突擊步槍還能想像……但是面對全自動射擊的機槍，正常人絕對不會想要去數。

即使她的計算完全準確，僅僅剩餘五、六發仍是非常致命的威脅。瀧奈不禁懷疑起千束的理智。

瀧奈急忙將握槍的一隻手與半張臉探出牆角，瞄準通道另一頭。

鬥牛犬一隻手拿著更換用的彈鼓，看來他也明白剩餘彈量如同千束的推測所剩無幾。

千束在淡淡的煙霧之中壓低身子，猛然向前衝。

為絕對不失手打到千束的背，瀧奈雖然只用一隻手，依然仔細瞄準，連開兩槍。

第一發擊中鬥牛犬的腹部，第二發命中頭部。但是鬥牛犬的身體甚至沒有晃動。儘管確認到這個狀況，瀧奈繼續開槍。

鬥牛犬毫不理會瀧奈，以一次兩發的點放射向千束。然而奔跑中的她完全看清楚槍口的動向，只是稍微橫移就躲過射擊，隨即順勢將腳踩向牆面奔跑。

鬥牛犬的槍口緊追不捨，但是千束使勁蹬牆，以有如側翻的動作讓身體頭下腳上躍向空中，再度閃過子彈。

然而既然是在空中，那便再也無法閃躲。

現在不是躲藏的時候。瀧奈將軀體完全探出牆角，雙手穩穩握槍，瞄準，開槍。子彈並非瞄準鐵面具，而是他手中的槍——ＲＰＫ。

人在空中的千束也同樣以頭下腳上的姿勢，接連擊發點四五手槍。其中有數發擊中千束瞄準的ＲＰＫ，紅花與火花瞬間綻放，槍管於是被打偏，子彈在牆上打出一個洞。

這下子沒子彈了。鬥牛犬明顯扣著扳機，但是ＲＰＫ只射出最初的一發便沉默了——彈藥耗盡。

——就是現在。

瀧奈離開轉角全力衝刺。並趁著這個機會更換所剩不多的彈匣。

千束落地之後也想衝刺拉近距離，但還有十五公尺。

鬥牛犬用拿在手中的彈鼓敲打RPK並打飛空彈鼓，連忙更換裝新的彈鼓。

如果現在讓他換上新彈鼓，兩人都會一起變成蜂窩。

瀧奈不停開槍。如果能夠破壞彈鼓當然最好不過，然而目標沒有人到邊跑邊射也能擊中。但是只要開槍，多少有點命中的可能性。

所以她不停開槍。這並非浪費子彈。

只是沒有一發子彈生效。新的七十五發彈鼓已經成功裝上RPK。鬥牛犬提防著以異常速度逼近的千束，朝後方緩緩後退的同時，用腋下固定槍身的動作舉槍。

千束將背後的背包向前舉起，拉動暗藏的細繩——此時設置在背包裡面，Lycoris技術部門引以為傲的防彈氣囊有如爆炸一般急速膨脹。看似白色氣球的氣囊塞滿通道。這時RPK的全自動連發接連打在氣囊上。

防彈氣囊的有效時間只有從膨脹到結束的短短一秒——但對千束來說已經十分足夠。

防彈氣囊不敵步槍子彈而迸裂時，千束已經來到鬥牛犬的面前。

千束俐落地將背包重新揹到背上，並將自己的槍口使勁砸向鬥牛犬握著RPK握把的手。槍口前端的尖刺刺中他的手指，同時開槍。

世上雖有具備防彈功能的護手，卻是沒有連手指都能徹底保護的手套。

鬥牛犬近乎毫無防備的手指先是被尖刺刺中，然後被塑膠易碎彈打斷。RPK落地，巨漢不禁踉蹌。

千束並未就此罷休。

身體逼近對方的龐大身軀，把槍口硬是塞進下腹與防彈插板的隙縫之間，抵在他的身上連續開槍。看似鮮血的赤紅粉塵頓時飛濺。

鬥牛犬更加搖搖晃晃往後退，單膝跪地。在此同時，他的左手從後方腰際拔出一柄偌大的刀子——廓爾喀刀。

千束的槍已經耗盡子彈(Hold open)。但是她非但不後退，反倒更是向前。一腳朝著鐵面具覆蓋的臉往上踢，接著將抬高的腿往下壓，腳跟砸在鐵面具上。

Lycoris的樂福鞋在鞋尖與腳跟都以金屬強化，尋常的踢擊也能擊碎水泥。雖然千束的二連踢如此強勁，但是鬥牛犬挨了攻擊依然沒有停下動作。

「千束！」

剛才還在奔跑的瀧奈以滑壘般的動作壓低重心，將手臂架在豎起的膝蓋上。這麼一來比起奔跑更容易精確瞄準。她將剩下的所有子彈全部射向鬥牛犬手中的刀。

刀刃碎裂，他的手指也跟著斷裂飛出。真正的血花四濺。

更換彈匣完畢的千束抓住鬥牛犬仍在噴血的左臂猛然往上拉，將槍口塞進沒有任何防護的側腹。

「這下很痛喔？」

以有如全自動射擊的速度全彈發射。鬥牛犬這時第一次出聲。低沉的呻吟。龐大的身軀就此倒地。

雖然鬥牛犬仰躺倒地，但是依然能動。左邊的肋骨肯定都斷了，就連內臟想必也多少受了傷，儘管如此還是勉強想要站起來。

瀧奈終於趕到鬥牛犬身旁，一腳踹向他的軀體，讓他再度躺回去，為了讓他的雙腿無法出力，朝著大腿根部的關節射了幾發子彈。雖然不確定是否有效，總比什麼都不做來得好。

千束將單邊膝蓋壓在鬥牛犬的胸口，施加體重加以壓制。

她的槍——已經更換新彈匣的武器近在眼前。

似乎還無法接受現實，鐵面具後方的眼睛因為驚訝而顫抖。

千束只是露出溫柔的笑容。

「因為大哥你太壯了，我會稍微激烈一點喔……不可以死掉喔，加把勁。」

聽到千束以英語這麼說，鬥牛犬的眼神從驚訝變成放棄。

「……難道我加把勁就有什麼獎勵嗎？」

「知道了，給你獎勵。你要什麼？」

「…………好喝的咖啡。」

「包在我身上。」

於是千束在極近的距離，將一整個彈匣——威力等同球棒揮擊的六發點四五毫不猶豫地射向鬥牛犬的臉。

千束那不致於要命的彼岸花大肆綻放。

瀧奈兩人衝進地下倉庫內部。

因為地方還算大，她和千束兩人展開地毯式搜索，但是只找到儲藏在此的大量毒品與數把槍枝。

『千束、瀧奈，抱歉。是我的失誤。目標逃到工廠外面了。』

咦？瀧奈與千束不由得驚呼。逃走路線應該已經事先全部堵住了。

『那裡的地下倉庫有通風口……我想大概有辦法讓人通過。』

「不會吧！真的假的！根本是好萊塢電影嘛！」

「千束，為什麼妳看起來這麼興奮？」

「哎呀，因為……這不是很有夢想嗎！」

和電影不同，現實世界的通風管往往無法讓人通過。有時候狹窄得擠不進去，或者是不夠牢固無法支撐人的體重，或者每隔一段距離就有金屬風門或金屬網格阻擋。

所以穿過通風管逃走或潛入這種情境，對於電影愛好家而言，算是某種角度的浪漫虛幻夢想……千束對著瀧奈熱烈解釋。

『那裡原本應該也有風門之類的。不過大概是為了當成緊急逃亡路線事先打穿了。』

逃離或入侵敵營時如果還要施工，噪音肯定會被發現，不過若是當成祕密基地的地方修改通風管就沒有噪音之類的問題。原來如此啊～千束顯得愈來愈敬佩了。

至於對瀧奈來說，更重要的是終於明白鬥牛犬選擇這種戰術的理由。到頭來他只不過是擔任誘餌，吸引襲擊者的注意力，協助目標逃走。那個男人像剛才那樣挺身阻擋，自然會讓人認為他所保護的對象就在門後。

所以那個男人才會待在通道深處一動也不動。單純只是為了盡可能地拖延時間。

他應該不認為自己會輸。但那同時也是不惜葬身於此的戰術。

這般面對工作的態度，瀧奈並不討厭。

「千束，不好意思在妳感到開心打擾……如果要追擊就無法期待能提早回家。」

「啊！……咕～～～被擺了一道～～～～！」

『目標正騎著速克達朝市區逃亡。雖然正以無人機追蹤，但不確定能跟多遠。』

「乾脆交給警察解決吧？」

「不行啦，瀧奈。也許他身上有帶槍，這樣一來會鬧出大事。」

維護日本的和平，以及大眾眼中治安良好的國家形象，正是身為Lycoris的職責。瀧奈當然也心知肚明。

而且也理解和平日本的警察根本沒有面對激烈槍擊戰所需的裝備、訓練、心理建設。

「ＤＡ之所以委託我們，就是要以最少的破壞迅速打倒對象，而且——」

千束把自己的槍拿到瀧奈眼前，擺出射擊姿勢。

「更重要的是我們能活捉目標喔？不管是日本的警察還是ＤＡ的Lycoris都辦不到。」

「……喔，這就是妳剛才故意不說的答案嗎？」

千束使用非殺傷性子彈的理由之一。若是能夠在不殺害的狀態擊倒敵人，面對有些場合十分有益……更正確的說法是所有場合若是能夠不殺人便使敵人失去戰力，那當然是最好的結果。

特別是一旦扯上毒品，比起扣押毒品本身，查明流通管道更加關鍵，這點瀧奈也明白。

不過，如果想取得這種成果，就必須有所覺悟要憑藉非殺傷性子彈這種極為貧弱的武器，與鬥牛犬這種超乎常識的對手戰鬥，也需要面對這種條件也能獲勝的壓倒性實力。

因此才會選擇千束。

她那超乎常人的能力，具備極為重要的意義。

ＤＡ儘管不樂見千束的我行我素，也絕對不肯放手的原因就是這個吧。

「我明白了。好啊，現在就當妳說得對……話說接下來要怎麼辦？」

「當然要追啊。這是工作嘛。」

「我明白了。那麼只能放棄電影了。」

「啊嗚～……」

這時瀧奈突然回想起來，今天輪到她準備牡丹餅的材料。出發之前她只處理了食材。原本打算任務結束後繼續……但是這下也沒辦法。

店長肯定會代替自己，用那雙大手把牡丹餅妝扮得很可愛吧。

「該走了，千束。」

「好～……」

1

事先停在廢棄工廠外面的車子全部遭到破壞。唯獨組織的小弟負責採買時使用的老舊速克達還能用，大概是因為倒在地上，導致襲擊者以為那個已經報廢了吧，因此亞洲人騎著它逃走。

這次為了將毒品走私到日本，亞洲人幾乎用盡所有私人財產。不過只要能保住性命，總是有東山再起的一天。他有這個自信。

所以要逃跑。直到能確保人身安全之前，都要拚命逃。

進入市區之後便捨棄機車。逃跑路徑愈複雜愈好。接下來要搭電車。他打算先乘車離開首都圈。

太陽已經升起。但也許是因為時間尚早，現在的乘客人數還遠遠比不上通勤時段。他搭乘的這班車是離開東京大概也是原因之一吧。

亞洲人在空著的長椅(Long seat)坐下。

腦中雖然浮現許多想法，然而不可思議的是隨著車廂搖晃，思緒也有如溶解般消失。

大概是累了吧。他確實感受到這一點。

列車靠站。聽見女性的聲音，亞洲人不禁把手伸向懷裡的槍。克拉克42。雖然是小到能被成人手掌遮掩的半自動小型手槍，威力依然足以殺人。

仔細一看，大概是為了參加社團的晨間練習吧，一群身穿水手服的年輕女孩上車了。

——可愛的小女生。

這是部下以無線電報告的襲擊者特徵。

可愛與否恐怕只是個人感想，這點暫且先放一旁，部下並沒有說女人，而是女生。這讓他感到好奇。

想必是有某些一眼就能分辨絕非成年女性的要素。對了，比方說擺明還是小孩子，或者是……學生制服。

亞洲人感覺自己渾身冒出冷汗。

這時女學生們也不時偷瞄亞洲人。不過這也是理所當然吧。因為有個男子盯著她們，滿頭大汗，氣喘吁吁，還把手藏在懷裡。這個模樣要說不可疑，絕對是騙人的。

亞洲人起身往後方車廂移動。引人注目絕非上策。萬一她們叫警察的話……等等。對了，這樣想就能明白了！

不管敵人是什麼身分，想必不是政府官方組織。他們不可能派遣小女生過來。

既然如此，肯定是和亞洲人或鬥牛犬一樣，屬於非法組織的成員。這種傢伙當然不可能透過N系統或街頭攝影機追蹤自己。

只要冷靜思考，事情便再明白不過。直到這一刻才想通這一點，就表示自己驚魂未定、思緒混亂，以及恐怕真的太累了。

不妙，當下這個狀況要是無法冷靜判斷，很有可能致命。

要鎮定。

自己應該已經安全了。沒問題，只要拉開距離就能輕鬆逃脫。

……不過還有一個問題。

這把手槍。

在這個和平過頭的國家，一般而言，**不分任何種類，不管拿在誰的手上**，只要擁有這玩意兒就無人能敵。

但也因此只要身上有槍這件事一曝光，在這個國家可能馬上會演變成社會大事。

換言之，槍在日本是守護自身的最強王牌，同時也是可能自毀前程的鬼牌。

不妙。現在的自己很引人注目。如果那些女高中生把自己當作可疑人物通知警察……身上帶著偽造的身分證。至於可疑的行徑，只要聲稱自己搭電車暈車，勉強能夠蒙混過去吧。但是如果身上帶著槍……

單純只是防身用的小型手槍，六發子彈。握著這個武器獨自與警察槍戰並且活下來，亞洲人不認為自己有這種實力。

他一邊走向下一個車廂一邊不停思考。

擁槍與棄槍，權衡兩者的利弊。即使放到天秤兩端，也只是不停左右搖擺。

既然如此。亞洲人想到了一招。

來到最後一節車廂，車廂裡沒什麼乘客。只有兩名睡眼惺忪的上班族，以及看起來個性柔弱的水手服女學生……只有三個人。

亞洲人坐在長椅的正中央，一邊注意用手心隱藏，一邊從懷裡拔出槍。隨即不動聲色地把槍挪向背後——把槍插進支撐屁股的座墊與椅背之間的隙縫，用力塞到底。

萬一出了什麼問題，他便起身主張自己無罪。若是什麼事都沒發生，就這麼一路搭到終點站，再把槍抽出來收回懷裡。這樣大概是最安全的做法。

直到此時，亞洲人才終於真正發自內心鬆了一口氣。雖然同車廂的水手服女學生讓他感到在意，但是他是自己走進這節車廂，對方想必不是追兵。而且身材嬌小，看起來個性也柔弱。不像是能戰鬥的體格。

不久後抵達車站，或許是規模較大的市區，車廂中的乘客同時下車。

那名水手服女學生也下車了。他稍微鬆了口氣。看來果然毫無關係。

接下來電車會開往更加偏僻的鄉間，應該不會再有人上車……不，有人。兩名穿著制服的女高中生走進車廂。

亞洲人緊張了起來。不過聽見兩人正在討論喪屍電影，他鬆了口氣，閉上眼睛。太過緊張了。肯定是累壞了。

「以前的作品也就算了，我是說最近的作品喔，那些畫面陰暗的喪屍電影，妳不覺得是種『逃避』嗎？當然也有可能是預算問題啦，但是讓觀眾看個一清二楚，同樣讓人覺得好恐怖、好逼真，這樣還是比較好看吧。」

「那是氣氛問題。暗處會激發人類與生俱來的恐懼心理。就這個角度來說，我覺得是必要的要素。」

聽著兩人的爭論，亞洲人的嗜好比較接近前者。

他認為太多數作品的陰暗場景並非激發恐懼，而是想讓觀眾感到驚嚇。這種「驚嚇」和「驚悚」似是而非。亞洲人雖然喜歡驚悚作品，但是個人並不喜歡有如整人箱的作品。

「我懂，我是懂啦。暗一點比較有氣氛。可是喔，既然特地來看了，當然想要看個仔細吧？所以說……」

「啊～我懂了。其實也不是特別講究……只是貪心而已。或者該說小家子氣？」

不，不是。亞洲人察覺了。兩人的對話在重要的地方沒有交集，因此像是各說各話。

「咦～是這樣嗎～？欸，你覺得呢，亞洲人？」

——什麼？

睜開眼睛。車廂空無一人……不，有人。兩名女高中生坐在亞洲人的兩側，彷彿挽著他的手臂一般靠近。兩人的槍擺在側腹的位置。槍口已經抵在亞洲人身上。

啊啊，原來如此，確實是可愛的小女生——亞洲人恍然大悟。

「……等等，現在開槍會打穿我的身體吧？大家都會死喔？」

「儘管放心。我的槍是非殺傷性子彈。話先說在前頭，這可是很痛的喔？」

「我的是全金屬被甲彈，不過只有在千束失手時才會開槍，因此用不著擔心。況且在貫穿人體之後無法打穿我們的衣服，沒問題。」

兩人的語氣都很平靜，就和剛才聊喪屍電影時毫無二致。因此亞洲人明白。她們是職業的。而且實戰經驗豐富，充滿自信。

他不認為自己有機會抽出座椅隙縫中的克拉克42。

亞洲人無力地笑了，決定在抵達下一站之前，三個人一起聊喪屍電影。

若是要討論喪屍電影，首先必須做好動作片或驚悚片的分類。當亞洲人提出他的意見時，兩名少女以敬佩的聲音說道：「有道理。」

Introduction 3

「愈是調查就愈覺得這一帶的店家很特別呢。」

聽到德田這麼說，隔著吧檯的米卡停下手邊工作，回問：「請問這是什麼意思呢？」

「其實之前那個介紹咖啡廳的企畫，經過一些修正後目前還在進行……」

德田原本打算當作咖啡廳特輯主角的LycoReco咖啡廳不願接受採訪，德田的熱情也隨之冷卻……但在此時，反倒是編輯部變得積極起來了。

最後編輯部決定摒除夜晚營業的店家，以年輕女生也能得到樂趣的錦糸町&龜戶地區為主題製作一本雜誌特刊，其中的咖啡廳特輯有長達十頁的篇幅。

並且因此將德田拔擢為此特輯的主要寫手。

「……所以這陣子逛了不少咖啡廳，不過說到附近的知名咖啡廳，先撇開『SUMIDA COFFEE』不談，能品嚐到日式料理的『北齋茶房』、龜戶車站前以個性強烈的鎧甲武士與型男店員迎接客人的『咖啡道場 侍』，以及觀光客每天大排長龍的『船橋屋』等等，老店與名店其實為數不少……主打和風的店好像挺多的吧？」

「只是因為靠近淺草吧？」

「淺草給人的印象反而是大正浪漫，或是純喫茶這類懷舊風格的店家比較多。」

「這麼說來的確如此……那麼和風的店較多……有什麼理由嗎？」

「以本店為例，為什麼選擇日系風格呢？」

「……德田先生，我說過不接受採訪。」

「如果你答應讓我採訪，我就會馬上開始工作……不過這只是個人的好奇心。」

「那麼我也必須回答吧……純粹是我的興趣。我受到日本的影響，再加上過去曾在重視日本優良傳統的職場工作，可能多少有些影響。在那裡總是能品嚐到最棒的和果子，理所當然便愛上了。但是比起抹茶，我還是更喜歡咖啡……於是就成了這樣。」

「之前的職場……是哪一間咖啡廳嗎？」

米卡別過臉，露出微笑。已經稱得上常客的德田這下也明白。這個反應代表「不會透露更多」的意思。

乍看之下一如往常，卻會突然遇到不允許觸碰的「隔閡」。這就是這間LycoReco咖啡廳的神祕之處。

如果只是以普通的常客身分樂在其中，應該不會發現吧，但在剛才這樣類似採訪的交流時，有時會清楚感覺到那面牆。尤其是提起過去時格外明顯。

「對了，德田先生。統一介紹和風咖啡廳也不錯，不過說到錦糸町的咖啡廳，我有個推薦店家。已經有點歷史，主打美味鬆餅的『咖啡專門店「Tommy」』就在距離車站北口不遠的地方。何不考慮親自拜訪一次呢？」

雖然知道米卡在轉移話題，但是撇開他的意圖不談，身為職業寫手的德田立刻用手機記了下來。既然是米卡的推薦，想必是間好店吧。

「多謝介紹。我之後過去一趟。」

「那邊的鬆餅超好吃的！我超愛的！」

如此說道的千束從咖啡廳後場現身，走到榻榻米座位的矮桌旁……放上使用瓦斯爐的章魚燒機。

「千束……那是？」

米卡以看著危險物品的眼神問道。

「章魚燒機。織元先生的二手商店正在拋賣，我就買回來了。」

「我不是問這個。我是問妳拿那個打算做什麼，千束。」

「中午的員工餐。今天輪到我準備啊。」

好耶～！手拿罐裝啤酒的瑞希也在此時閃亮現身。

「妳們是認真的嗎？這裡可是正午時分的甜品店喔？」

胡桃也面露受不了的表情登場……但是她馬上走向榻榻米座位。似乎對於章魚燒本身並無怨言。

千束將大量的材料排列在桌上，胡桃則是像隻小狗一樣，將臉湊到每樣食材旁邊加以確認。看來她是第一次做章魚燒。

「話說……這個，要怎麼用啊？」

「看好了！首先開大火加熱鐵盤，油也要多加一點……」

過不了多久，伴隨輕快的滋滋聲響，熱油煎麵糊的氣味開始飄散。

雖然米卡將通風扇開到最強，似乎沒有太大意義。與甜品店格格不入的食用油香氣充斥著整間店裡。

第一盤章魚燒完成時，常客們便像是受到氣味吸引一般接連造訪，擠滿了榻榻米座位，沒有位子的人則是圍繞在附近。

「咕哈！好吃！剛做好的章魚燒搭配冰涼的啤酒……還有比這更爽的嗎！」

瑞希搶先品嚐過第一個成品後，接下來就有如限時拍賣一般，常客們紛紛把手伸向鐵盤，有人用筷子，也有人拿竹籤，鐵盤上原本有二十個章魚燒，轉眼間便一掃而空。千束立刻開始製作第二盤。

「……怎麼辦，店長？會沾上味道喔。」

滿臉為難的瀧奈為德田送上一杯新的水。

「事到如今已經太遲了……瀧奈也過去吃吧。」

讓瀧奈過去後，米卡以無奈的表情深深嘆息。

「LycoReco的員工餐還真是稀奇呢。」

「……怎麼會。只有在千束負責的時候才是這樣。其他時候很普通……呃，算不上普通的東西也不少……呃，嗯……」

大概有什麼隱情吧。德田雖然明白，還是決定不要繼續追究，將美式咖啡送進口中。

關鍵在於距離感。只要對方劃下界線就該知難而退，這正是成人該有的反應。所以關於本店的過去，只要米卡露出微笑，他就不會多問什麼。

咕嚕嚥下咖啡，輕呼一口氣的德田自然流露笑容。

咖啡的香氣在章魚燒的香味面前實在過於脆弱。從各種角度來說都讓人靜不下心。

「看起來很開心，真不錯啊。」

以千束與章魚燒機為中心，常客們圍繞成人牆的模樣，就好像祭典時的攤販。不，應該是更溫暖，更親近……對了，試著換個說法就是家庭派對——章魚燒派對。

雖是借用胡桃的意見，不過在大白天的甜品店開章魚燒派對，簡直是亂七八糟。

不過他覺得很符合LycoReco的風格，也很符合千束的風格。

「來，德先生的分！」

千束將兩個章魚燒放在碟子上拿過來給他。章魚燒上面已經撒了柴魚片和海苔粉，醬料則是倒在碟子的邊緣，黑色的圓形上劃過一道美乃滋。原本以為是為了美觀，不過千束重視的大概是酥脆的口感吧。

德田看向千束，又看向有些消沉的米卡。

「別客氣，德田先生。請用吧……這是店家招待。」

「哈哈……多謝了。那我就不客氣了。」

拿起一併附上的牙籤刺入，章魚燒煎得香脆的外層硬度傳至手上。

可以猜到現在一定燙得嚇人，不過手邊正好有剛換過的水，德田心想應該沒問題，便讓章魚燒滑過醬料之泉，隨後將整個章魚燒放進口中。

一口吃下剛煎好的整個章魚燒雖然堪稱玩命，不過沒問題，冰涼的醬汁會負責緩衝……然而事與願違。

黏稠的滾燙麵糊充斥整個嘴裡，德田不由得發出「哈呼——！」的怪叫聲。口中冒出白色蒸氣。

千束笑了起來。其他常客見到德田的模樣，也紛紛笑了起來。

居然因為別人被燙得痛苦掙扎而開心……雖然德田如此心想，但是當他嚥下章魚燒後，自己也不禁笑了。

沒錯，這就是LycoReco咖啡廳。

光是店員的員工餐就非比尋常。

開心。

好吃。

就是這樣才好。

不過去其他店品嚐鬆餅一事還是改天再說吧。

舌頭完全被燙傷了。

第三話 「Takina's cooking」

瀧奈這個人很不妙。

她成為LycoReco咖啡廳的一員已經過了數個月。所有人都萌生這般感想。

LycoReco咖啡廳的午餐採取輪流負責的制度……但是瀧奈在這方面很有問題。

米卡無須贅述。穩定為大家提供方便食用的正常料理。

千束則是偏重挑戰或娛樂。比方說嘗試從未吃過的異國料理，或是端出不像員工餐的節慶料理，不過成品基本上都算得上好吃，更重要的是大多數時候挺好玩的。

至於瑞希的料理一半是下酒菜，或者使用能當下酒菜的食材製作。剩餘的材料……更正確的說法，以店裡經費購買比需求量更多的食材，剩下的就成為她晚上喝酒的下酒菜，由於能夠大大方方地占便宜，她也樂於為眾人準備午餐。實際上手藝也不錯。

胡桃則是因為年紀尚輕，過去毫無下廚經驗，因此出於個人的喜好，絕大多數都是透過網路訂購零食或是冷凍食品。除了米卡之外的眾人對此也還算能夠接受。

最後是問題人物瀧奈。

今天也是一如往常，不符常識的餐點出現在千束等人眼前。

客人來來往往的中午時分，LycoReco的眾人坐在榻榻米座位上目瞪口呆。

「那個～瀧奈小姐～……這個是什麼～？」

「今天的員工餐。在客人來之前快點吃吧。」

聽到千束的問題，瀧奈語氣平淡地回答。

「妳說這是員工餐……呃，那個……」

千束再度看向擺在LycoReco五名成員面前的東西。半透明的塑膠杯子，再加上蓋子。也就是搖搖杯。

瑞希拿起杯子試著搖晃，杯中的乳白色混濁液體顯得十分黏稠。

「這是什麼……」

「蛋白粉。香蕉口味。」

千束，以及米卡、胡桃、瑞希都露出無力的表情。瀧奈則是皺起眉頭。

「這是國產的高級品喔……還是巧克力口味比較好？」

難掩震驚的米卡像是要讓自己鎮定一般，調整眼鏡位置。

「問題不在這裡，瀧奈。應該可以更……像是一頓飯，或者說像是午餐……那個……該怎麼說才好。」

米卡似乎試著慎選用詞，然而還是找不到正確答案，無奈地陷入沉默，以接受這個事實的態度輕輕搖晃塑膠杯，喝了起來。

「……還以為是鬆餅的麵糊……各自加入喜歡的調味料或水果……像是家庭派對一樣，大家一起烤來吃之類的……是稍微有這種期待的我太蠢了吧……」

胡桃也喝了起來。大概是她不討厭的味道，咕嚕咕嚕喝個不停。

「話說，瀧奈小姐。妳這次為什麼會選蛋白粉？」

提出疑問的千束姑且喝了一口。確實感覺比平時喝的還要美味幾分。沒有那種化學合成的味道。

「這是為了在工作途中時攝取的。從準備到收拾都很省事，而且營養也很均衡吧……啊，有客人來了。」

吊在門上的門鈴響了。表示有客人上門。只有瀧奈上前招呼客人，其他人依舊待在榻榻米座位低著頭。

「……喂，瀧奈那傢伙，把吃飯說成是攝取耶。」

胡桃像是要別人負起責任一般指出這一點。

上次是因為防災食品的期限快到了，於是將調理包端上桌。

不過那次是別無選擇，而且丟掉很浪費這個理由不只是千束，胡桃等人也能同意，因此還能接受。

再之前則是千束前一天做的大量咖哩還沒吃完，以繼續放下去會壞掉為由，隔天繼續吃咖哩，還算挺合理的。

不過在更久以前……記得之前做的都是些正常的菜色。

燉芋頭與白飯、蘿蔔葉切碎做成香鬆、醬菜、味噌湯、涼拌豆腐，以及燉鹿尾菜等等。因為吃起來十分滿足，所以千束還記憶猶新。

她對眾人提出這一點，唯獨米卡似乎理解了原由。

「我想她應該不是故意的……原來如此，單純只是服從指示吧。」

「老師，你在說什麼？」

「不記得了嗎？特別是瑞希……那一天剛好客人特別多，妳不是抱怨了好一會兒嗎？」

「啊～店裡明明坐滿客人，她卻一直待在廚房不出來那次嗎？我確實有唸她幾句。效率太差了，不要花時間在那種東西上，不要做午餐了快來外場幫忙。」

胡桃先是感到驚訝，接著以憤怒的表情看向瑞希。

「所以怎麼了，她是因為挨罵才變得敷衍了事嗎……喂，瑞希。結果就是這場悲劇，妳要負責。」

「咦～是我嗎？因為那孩子在甜品店的廚房裡燉芋頭耶！而且還挑客人一直來的時候！難道不會覺得『騙人的吧？妳是認真的？』嗎？」

千束搖晃蛋白粉，發出噗滋噗滋的聲音。

「確實很符合瀧奈的作風啦……這下該怎麼辦呢？」

「……真的有這個必要嗎？」

「米卡，現在是說得這麼悠哉的時候嗎？當然要解決，無庸置疑。這個問題正在撼動我們的生活水準啊。」

聽到胡桃的抗議，沒有人能提出反對意見。

瑞希一邊聞著蛋白粉的味道一邊開口：

「話雖如此，但要怎麼辦？」

千束開始思考。瀧奈恐怕不曉得該怎麼適度偷懶。個性太過一板一眼。所以輪到她做飯的時候，雖然有本事準備像樣的餐點，卻找不到「哎呀，這樣就可以了吧」的中間點吧。

話雖如此，真沒想到會端出蛋白粉（這個）……

千束個人認為不管店裡忙碌與否，能像之前那樣吃到瀧奈親手做的料理，開心程度將會是好幾倍。

但是她也不認為瀧奈會無視瑞希等人的意見，變得我行我素。

米卡雙手抱胸。

「看來可能有必要先教導瀧奈什麼是員工餐。」

「唔嗯～瀧奈做的員工餐啊……」

千束也回過頭來重新思考適合當成員工餐的料理，但是答案出乎意料複雜。

像這樣自己人吃的料理雖有常見範例，卻沒有絕對的正確答案。

比方說，就算早餐基本上是吃培根蛋吐司配咖啡，如果天天吃……還是會覺得膩。

話雖如此，如果要準備豐富的菜單，而且將製作起來不費工夫，還有簡單又好吃等條件全部列入考慮的話……結論反而是瀧奈的選擇正確無誤。但是除了瀧奈之外，沒有人想過如此簡約的生活。

若是像這樣仔細考慮，構思餐點的菜單，其實比想像中還要困難。

「大家在做什麼？客人已經點餐嘍。請早點回來工作。」

在瀧奈的催促之下，眾人回應「來了～」並將剩下的蛋白粉一口氣喝完然後起身。

——噹啷噹啷。

門鈴響起。再次告知來客上門。千束的視線轉向門口……來者是土井。

喔～來的真是時候。教導瀧奈訣竅的同時，還能推動與他之間的關係，而且千束自己也很開心，又能吃到好吃的，最棒的情境就在眼前。

千束二話不說就靠近土井。

「土井先生土井先生，歡迎光臨。啊，在點餐之前……中午吃了嗎？……啊，還沒？來、來來來來來一下，怎麼樣，接下來要不要一起去吃頓飯啊？走嘛！就這樣決定了！瀧～奈～去換衣服～準備出門了——！」

於是千束不由分說便拉著瀧奈離開，強行安排一場與土井的小約會。

土井對於這種強硬的邀約雖然難免困惑，但是不曾拒絕。也許單純只是個性隨和，或者他也對瀧奈……可能性極高——千束是這麼認為。

因為他說常去的壽司店在中午有推出員工餐定食，於是過去那裡。

店內空間不大，只有兩張桌子以及吧檯。雖說是壽司店，不過大概是在夜裡配酒一起品嚐的餐廳吧。

也許因為如此，店裡師傅也是一身牛仔褲搭配T恤的休閒打扮。聽說是因為處理早上進貨的食材，順便在中午營業。

「……午餐不是已經吃過了嗎？」

「確實已經攝取均衡的營養。不過熱量明顯還不夠！滿足度也不夠！」

「熱量已經很充分。會胖喔。」

「咦咦咦？瀧奈覺得今天會平淡結束嗎？在這之後說不定會突然需要劇烈運動，這種時候要是熱量不足，豈不是傷腦筋嗎？」

一般來說Lycoris執行工作時，大部分都是先有大人們的事先縝密規劃，做好準備才付諸實行。一面把玩手機，在街上看似漫無目的走動，與目標錯身而過時，使出一招便步行離開。事後處理也有專人負責。

但是LycoReco在執行會使用槍的工作時，大多是突發狀況，如此一來當然只有最低限度的計畫，能做的準備頂多只有自己的裝備，以結果來說只能到了現場再臨機應變，因此少不了奔跑和跳躍，甚至還得進行格鬥戰。所以多攝取一些熱量也沒有任何問題——**也不是不能**

這樣說。

「如果發現今天都沒動到～會變胖～的時候，就在睡前運動不就得了。」

「……確實……畢竟有備無患……可是……」

「討厭一個人做運動的話，我陪妳吧？」

「我一個人就好。」

「好冷淡喔～」

在居酒屋等候定食上桌的土井聽見少女們的交談內容，不禁感到著急。

「……要運動嗎？我今天沒準備運動鞋之類的喔。」

「啊，土井先生，別擔心別擔心。今天不是這種行程。單純只是想讓瀧奈吃些好吃的員工餐而已。況且我也有點好奇，平常土井先生都吃些什麼～……你常來這家店嗎？」

「嗯，是啊……真的沒有要運動吧？」

安撫害怕的土井並等了幾分鐘，數量有限的員工餐定食出現在千束等人面前。

似乎是以淡味醬油之類的醬汁醃過，原本是白色的生魚片顏色有點深，魚肉完全覆蓋整碗白飯，一旁還有芥末。

此外還有味噌湯，以及上頭擺著一張紙的空碟子，不知道用來做什麼。一問之下才知道晚點會有一道天婦羅。

「哦～這個超讚的！好像很好吃！」

聽到千束的話，店裡師傅面露不好意思的苦笑。

「用昨天剩下的材料湊合著做的，稱不上最棒就是了。妳露出這種表情稱讚，真不知道該開心還是歉疚。」

因為使用剩餘食材製作，數量自然有限，擺在白飯上的生魚片也天天不同。根據土井的說法，今天似乎是特別豪華的日子。

「那麼我就開動了！」

千束雙手合十時，已經幾乎忘記原本的目的，但是沒有任何人提醒她。

拆開免洗筷之後，首先啜飲味噌湯。湯底是大豆味噌。配料是切成小塊的板豆腐和海帶芽，再撒上切細的青蔥。骰子狀的板豆腐配著熱湯滾入口中，口感令人感到愉悅。用清爽的滋味滋潤口腔和喉嚨，順便沾濕筷子前端。

很好，一切準備就緒。

千束伸手把碗拿了起來。乍看之下實在無法分辨究竟放了那些魚，總之看起來很美味就是了。

此外這種醃漬魚肉丼飯沒有「海鮮丼飯醬油問題」吃起來比較輕鬆。簡單來說，就是要將芥末溶於醬油淋在上頭，或是吃生魚片的時候再沾醬油……由於用餐者的個人特色展露無遺，與周遭的不合拍引發些許摩擦的那個問題。

好了，你究竟是何方神聖？千束凝視著魚肉切片。

看來裡面應該有好幾種魚，生魚片的形狀也大小不一，大概是因為原本的大小就不一樣，或是切剩下的邊角料吧。

千束用筷子將魚與醋飯一起送進口中咀嚼。最先感覺到微溫的醋飯，不過醃漬生魚片的滋味隨即在口中漾開。

味醂內斂的甜、昆布高湯的鮮、淡味醬油的鹹……生魚片的油脂隱隱滲入其中。是鰤魚嗎？也有可能是黃尾鰤或紅甘，總之八九不離十。細細咀嚼紮實的魚肉時，千束明白了這一點。不過裡面還參雜著些許清脆的口感。那是什麼？這個疑問才剛浮現，一股清爽便充斥口腔。

看樣子似乎是為了去腥而灑上切細的生薑。因為嚐起來辣味並不明顯，想必泡過水吧。單純的爽口滋味讓人心曠神怡。師傅的細心可見一班。

「啊～這個好好吃～對吧，瀧奈？」

瀧奈也剛好嚥下口中的食物，稍微點頭之後回答：

「……是的，很美味。這是鯛魚吧？調味真的很棒。」

「啊，是、是鯛魚喔！對嘛！就是鯛魚！嗯！」

因為和預期的答案完全不同，千束不禁慌張起來。

「不錯喔。妳們年紀輕輕，就分得出來了啊。」

師傅也欣然而笑，同時在吧檯後方炸天婦羅。喀啦喀啦的聲響帶來難以言喻的舒暢。

鯛魚啊。原來是鯛魚喔。真是好險。要是剛才說溜了嘴，說出鰤魚或黃尾鰤之類的答案，說不定會被嘲笑味覺遲鈍。

千束為了自己沒說出猜測而暗自慶幸——

「其實裡面只放了一種赤身的生魚片。因為切得特別薄，吃起來不太明顯就是了……現在當季的黃尾鰤。」

「啊，原來是這樣……怎麼了，千束？被芥末嗆到嗎？」

千束低著臉緊閉眼睛，還握緊筷子。

「……不是的，我有吃出來，我真的有吃出來！我知道有黃尾鰤！」

師傅微微笑了，瀧奈露出無奈的表情。

「用不著強辯也沒關係，千束。剛才的鯛魚也是一樣，做成醃漬丼飯的白肉魚本來就不容易分辨。」

「唔～！不是，我是說真的！我真的分得出來！」

「哎呀，那就當成妳們兩位都說對了。」

「是啊。這就是正確答案。太好了呢，千束。」

師傅和土井也笑了。

「嗚～相信我啦～……」

「話說回來，這碗丼飯裡還加了其他東西。」

什麼？千束聞言連忙再吃一口。

……嗯。這是鯛魚嗎？分不出來。

但是當她吃到第三口，又發現新的口感與滋味。是蝦子。

充滿彈力的口感，接著甘甜滋味在口中蕩漾。讓丼飯的味道更有層次。

「蝦子，好～好吃！」

「很高興聽妳的稱讚。來，這個天婦羅送妳。」

師傅將一口大小的天婦羅擺在空著的碟子上……一共三個。

瀧奈看著那個，偏頭感到疑惑。

「請問這是什麼天婦羅？」

「嚐嚐看就知道。建議撒鹽。」

千束也按照師傅的建議，撒了一點桌上的鹽，再用筷子夾起來。剛炸好的天婦羅。雖然熱氣騰騰，但是手中筷子傳來的觸感告訴她，現在麵衣正處於酥脆的絕佳狀態——所以千束想盡可能趁著此時體驗，懷著燙到舌頭的覺悟放進口中。

的確很燙。這點不出所料。

短暫呼氣之後，咬下天婦羅。

先是感到酥脆，接著便有什麼東西流出來。

「……咦？什麼？」

出乎意料的口感。千束原本猜想是切得比較大的蝦子，或是章魚腳，抑或是山藥……然而完全不同。

原本以為香酥的麵衣底下是有彈力的**食材**，回過神來才發現已經融於口中。

與柔軟口感相符的濃郁滋味在口中擴散。而且還要加上天婦羅麵衣的香味。

沒有腥味，只有食材的獨特鮮味格外濃郁。

太好吃了。**味道很強烈**。雖然和白飯似乎不太搭……不過大概是用來配啤酒或日本酒的下酒菜吧。千束頓時明白這一點。

這是什麼啊？好像吃過，又好像沒吃過……

「啊，是魚白吧……不過是哪種魚呢？好像不是鱈魚。河豚嗎？」

「我這裡沒有河豚料理。是鯛魚的魚白。」

鯛魚的魚白！第一次吃到！千束忍不住驚叫。

瀧奈似乎也覺得稀奇，詢問這個要怎麼調理。

根據師傅的說法，在灑鹽去腥後，稍微用熱水燙過再切塊。之後沾上麵糊下油鍋炸就好了。只要食材夠好，無論誰都能做得好吃。

「……師傅，鯛魚的魚白不是晚上要賣的嗎？」

「因為土井小弟難得帶年輕女生來店裡，稍微給點優惠也沒關係啦。哎，有點太年輕就是了。」

千東連忙把口中的食物吞下去，在一旁幫腔：

「年齡歧視不太好喔？」

土井面露困擾的表情，搔著頭說聲：「況且根本就不是那麼回事。」

正是那種關係啦。千束一個人唸唸有詞，同時眉開眼笑看著土井與瀧奈。

三人大口吃著丼飯，也許是因為很美味，午餐一轉眼就吃完了。堪稱一氣呵成。

於是學習何謂員工餐，外加土井與瀧奈的模擬約會行程很快就結束了。

土井說他想喝點酒，於是千束與瀧奈在道謝之後離開。

雖然最後是土井請客，不過剛才瀧奈強硬表示要付帳，千束覺得這樣很好。刻意擺出自己付帳的意願，藉此博得好感——先前瑞希說過這點非常重要，千束還記得。

不過千束本人則是在這種場合會毫不遲疑說出「謝謝招待！」的類型。

「……話說千束為什麼會突然出來吃飯？」

返回LycoReco的途中，瀧奈提出理所當然的疑問。

「哎呀，其實有關瀧奈做的員工餐……大家覺得這次實在有點問題。所以想告訴妳，一般的員工餐是像這樣喔～」

千束簡單轉述與米卡等人之間的對話，瀧奈似乎也明白自己的選擇有些偏離常識，稍微顯得情緒消沉。

「……可是啊，既然如此，怎樣才是對的？不可以花時間，又不可以太簡單。」

「好吧，類似今天這種，我覺得偶一為之也沒關係喔？胡桃準備的東西其實也差不多。況且雖然每次都是這樣的話有點難受，不過因為是現在的瀧奈的選擇，要說開心其實也滿開心的。」

「開心……？」

「很有瀧奈的風格，我覺得很好。」

能吃到好吃的東西當然是最好的。不過千束也希望能享受快樂的用餐時光。

人生苦短，不曉得還能再吃幾頓飯。

既然如此，美味當然比較好。吃起來開心當然更好。

瀧奈端出蛋白粉當成員工餐，大家的臉都垮了下來……這肯定是至死不忘的記憶。

在LycoReco與大家留下的記憶。是寶物。

「但是，我這樣不行吧。」

「這個嘛……當然是想吃好吃的啦……」

快樂的回憶是很寶貴。若是能加上美味的餐點就更好了。

見到千束煩惱沉吟的模樣，瀧奈輕嘆一聲：

「……我明白了。我再考慮一下。」

1

「大家，來吃午餐吧。」

趁著客人離開的空檔，瀧奈如此說道。

於是LycoReco的成員互相使了眼神。自從那次「蛋白粉員工餐事件」之後，除去公休日一共過了六個工作天……這表示來到瀧奈負責員工餐的日子。

側眼看著站在廚房的瀧奈，千束等人稍微整理環境，聚集在榻榻米座位等了大約十五分鐘後，瀧奈端著偌大的餐盤現身，餐盤上面擺放數個大碗。

「今天的午餐，大家一定能滿足。」

隆重登場的……是湯碗，以及似曾相識的醃漬魚肉丼飯。

眾人凝視著丼飯，紛紛驚嘆「喔～！」然而洞悉一切的千束扶著額頭。

我不是這個意思啊。她如此心想。

「這是醃鯛魚丼飯。因為已經調過味了，請直接吃吧。旁邊的湯是魚骨湯。之後還有魚白天婦羅。」

瑞希尖聲歡呼：

「什麼什麼什麼，怎麼回事！這是什麼？太讚了吧！」

看起來迫不及待的瑞希拍了一下手，高聲說道：「我開動了！」眾人也緊接在後。只要吃了第一口……接下來就是千束有印象的一氣呵成。

千束也吃了一口……發現味道和那間壽司店的員工餐定食簡直如出一轍。話雖如此，裡面似乎沒有蝦子和黃尾鰤，而是只有鯛魚。

也因為如此，更能嚐到以鯛魚與昆布高湯為主的醃漬醬汁滋味，感覺味道甚至比上次吃的更加細緻，洋溢著高級感。

豈止是完全重現那道員工餐定食，眼前的這個更加美味。

「這是什麼，超好吃的！明明是丼飯，卻讓人忍不住想配酒～！」

「嗯，這個真的很好吃。怎麼了嗎，瀧奈？」

瑞希的心思已經飛向擺在店裡的一升酒瓶，米卡則是微笑發問。胡桃埋頭吃個不停。所剩無幾時還使出把魚骨湯倒進去這種招式，大吃特吃。

冷淡的瀧奈見狀，也露出開心的微笑。

「千束教過我了。她說這就是員工餐。」

千束幹得好！瑞希對她豎起大拇指。

「連我也一起稱讚是很高興啦……可以問一下嗎？欸，瀧奈，這個鯛魚是哪來的？該不會跟我想的一樣……特地去買的……？」

「怎麼可能。員工餐不能花那麼多錢。」

「就、就是說嘛——！這也是理所當然——！哈哈哈……太好了～……那麼這是怎麼回事？應該不是昨天剩的……吧？」

「是啊，那當然。而且昨天是濃湯啊。」

正在品嚐魚骨湯的米卡明顯停下動作。隨即以有些緊張兮兮的動作從湯碗裡夾出**偌大**的鯛魚頭。

先切成兩半，為了消除腥味確實烤過的半顆鯛魚頭。

「瀧奈……該怎麼說，這條鯛魚好像……滿大的？」

「我也這麼覺得。」

雙方的對話顯然牛頭不對馬嘴。雖然瑞希和胡桃毫不理會，只管繼續吃，但是米卡和千束不由得納悶得放下筷子。

「來～還有魚白天婦羅喔～」

「……咦？」

千束抬頭……發現陌生的大叔手拿盤子站在旁邊。

「有什麼東西突然冒出來！」

「這是鯛魚魚白的天婦羅喔，千束。」

「瀧奈，不對，我不是說那個！這個大叔是誰……啊，師傅……？」

原來不是未曾謀面的大叔。而是和土井一同造訪的壽司店師傅。

在米卡要求說明之後，瀧奈面露理所當然的表情解釋：

「因為千束教導我所謂的員工餐就是像這樣，於是我打算加以重現。但是考量到費用與技術層面恐怕難以實現，因此我找這位師傅商量，師傅便回答：『全部交給我吧。』」

「那個……請問外燴費用怎麼算？」

聽到米卡的問題，師傅笑得很開懷。

「不收錢啦。鯛魚也是朋友恰巧釣到的東西。既然年輕人說要吃了，我就說儘管拿去沒關係。」

「釣客太讚啦～～！」

瑞希出聲讚嘆，鼓起臉頰有如松鼠的胡桃也用力高舉拳頭，似乎是在表示同意。

「所以別客氣，儘量吃吧。來，這是魚白天婦羅。建議灑鹽。」

「嗚哈！入口即化～！這是什麼，也太讚了吧！」

瑞希的激動叫聲很吵。千束與米卡以感到頭疼的模樣低下頭。

「喂～米卡還有千束。明明有這麼棒的午餐……為什麼你們一副難過的樣子啊？」

個頭嬌小卻比所有人更快吃完丼飯，把筷子伸向天婦羅的胡桃如此問道。

老實說，千束已經不知道該說些什麼。

瀧奈也一臉納悶地看著她。

「怎麼了？不好吃嗎？」

「沒有，非常好吃。真的……嗯，好吃！」

事到如今後悔也沒有用，既然如此，千束決定拋開煩惱。

這下子乾脆好好享受，好好品嚐。不能浪費！錦木千束迅速轉換心情。

見到千束的模樣，瀧奈有些疑惑地偏頭。

這傢伙居然還擺出可愛的表情。千束一面在心裡這麼想，一面將天婦羅送進口中。

外酥內嫩……真好吃。自然流露笑容。

就在千束細細品味時，眼角餘光見到米卡正對著師傅深深低頭。

監護人可真不好當啊。如此心想的千束彷彿事不關己。

2

隔著公休日，又過了六個工作天。

完全沒有客人比較少的時機。

瀧奈在廚房洗碗時，千束又拿了一些用過的餐具過來。

「今天好累喔～……啊！欸、欸、欸，午餐還沒好？我肚子餓了。」

在廚房一旁辛勤忙著製作百匯的瑞希看向瀧奈。

「今天負責準備的……不就是瀧奈嗎？」

瀧奈原本打算無視瑞希的視線和話語，但是她和千束一直盯著自己，於是判斷終究還是逃不了。

然後嘆了一口氣。

「……現在根本沒空吃飯吧？生意這麼好。」

千束抓住瀧奈的雙肩用力搖晃。

「肚子餓了——！瀧～奈～！」

「……想吃什麼自己做來吃不就得了。反正我就算做了，又會有一堆怨言。」

「要是招牌店員一直不在店裡，客人很可憐吧。瑞希就算了。」

「啥啊！」

「總之我不會再做員工餐了。我不適任。」

「變得妄自菲薄了。」

瑞希笑了。這讓瀧奈有些煩躁。

「我沒有。」

「明明就有♪」

「才沒有！」

瀧奈忍不住用濡濕的雙手撐著流理台，因為出乎意料地用力，發出有點響亮的「咚！」的一聲，導致現場氣氛變得尷尬。

千東面露傷腦筋的笑容，隨意走到瑞希與瀧奈之間，上下揮手像是要她冷靜一點。
「好了好了……我也知道瀧奈在生氣啦。」
「我沒生氣。」
「這種時候呢，瀧奈，聽好了。閉起嘴巴，把臉頰鼓起來。」
「……為什麼？」
「先試試看嘛？試看看嘛～快點快點～」
簡直莫名其妙。就算這麼做又有什麼意義。
視而不見就好了……瀧奈如此心想。
然而話中說不定藏著某些自己不曉得的事物。
千東基本上總是很隨便，但是有時候……沒錯，雖然十分罕見，就在忘記她有這一面時，有時會教導瀧奈不曉得的事。
全新的觀點，不曾萌生的想法，未知的世界——
就像在那座噴泉前方那一次，也許有可能——
「……我明白了……像這樣嗎？」
瀧奈緊閉嘴唇，鼓起兩邊的臉頰。
「啊～臉頰鼓鼓的瀧奈好～可～愛～！嘿！」
兩邊臉頰被千東用手指一戳，發出「噗——！」的聲音吐出空氣。瑞希與千東笑了。

「這是什麼意思！」

「妳問什麼我也回答不來，好吧，意思是瀧奈很可愛吧？」

今天的千束是很隨便的千束。正確來說，基本上都是這樣。為什麼自己會去賭機率較低的那邊呢？

「別生氣別生氣。這件事先放一旁……欸，瀧奈，做點東西來吃嘛。」

「我不要。辦不到。我不行。」

「可是今天說好了是瀧奈負責吧？」

「……是這樣沒錯。可是，反正……」

「不要說『反正』那種話。這麼說也不會有任何好事發生喔？先試試看嘛。就用冰箱裡的東西，隨便什麼都好。沒問題的。」

辦得到的人總是說得很簡單。

瀧奈不禁感到煩躁。但是說好了……規定就是這樣。瀧奈也覺得不應該違反規定。

這時米卡探頭看向廚房。

「怎麼了？又在吵員工餐的事嗎？……放心吧。飯已經煮了。接下來只要準備簡單的配菜就好。總之千束先回外場。人手不夠。」

「咦～不是還有胡桃嗎？」

「……她已經和客人玩起桌遊了。」

「那個死小鬼……我也要玩啊！」

不對吧！即使瑞希發出怒吼，千束不理會她便逕自離開廚房——

走出門之後又探頭說道：

「就是這樣，瀧奈。之後就拜託啦！」

這下子千束以及完成百匯的瑞希終於離開廚房。

一個人被扔在原地的瀧奈無可奈何打開冰箱。

員工餐要盡可能利用剩菜、要便宜、要不費工夫，而且要方便食用，再加上還要好吃又好玩……

愈是思考就愈覺得要求很多。

而且冰箱裡的東西實在太少。畢竟LycoReco是甜品店。店裡剩下的材料沒什麼適合拿來做正餐。

有很多紅豆餡。各種水果、麵粉、鮮奶油、牛奶、蛋、梅子、香腸……

「……梅子？」

香腸大概是瑞希晚上的下酒菜吧，但是為什麼有梅子……？不，這也是瑞希的。

瀧奈之前曾經看過她在燒酒裡加了什麼東西，桌遊大會結束之後與客人一起喝。

在那之後，瀧奈又調查了一番，頂多只有找到幾樣想必是下酒菜的乾貨。

直到剛才一直為了不知該做什麼料理而煩惱，但是就當下狀況來看，漸漸明白問題其實出在能做些什麼。店裡這麼忙碌，也沒辦法外出採買材料吧。

香腸和蛋……因為米卡之前做過煎蛋捲，瀧奈知道店裡有煎蛋捲的鍋子。有了這個還有白飯……比方說中央放著梅子的日丸便當……

不過這樣未免太單調了。儘管瀧奈重視合理性，還是有些抗拒。雖然有些芝麻，灑上去也只是杯水車薪吧。

瀧奈稍微抱胸思考。

既然沒有現成的配菜，這部分就沒辦法了。至於白飯……做些類似香鬆的小菜嗎？等等，可是材料只有梅子……

乾脆做茶泡飯，或是雞蛋拌飯……但是這些與其說是員工餐，感覺更像宵夜。

既然這樣，果然只能用白飯配梅子……

「……啊，這麼說來……」

瀧奈突然回想起某件事，找了一下放調味料的架子。於是除了普通的調味料之外……找到了海苔。是用來做磯邊燒的。

瀧奈靈機一動，就是這個。

在香腸上劃幾刀之後炒一下。紅色的廉價香腸沒什麼油，她認為即使冷了也無所謂，於是先從香腸開始。最後稍微加工擺到盤子上。

接著是煎蛋捲。雖然吃過好幾次，但是仔細一想自己從來沒做過。

瀧奈用手機觀看煎蛋捲的製作教學，同時預熱方型平底鍋，在裡面加油。

將少許鹽與高湯粉加入打好的蛋液裡，再倒一些進平底鍋，快速攪拌之後開始捲起來。

自己是京都出身，所以就選關西式，而不是關東式吧。從前面往後面捲……捲……捲……奇怪了？

「……怎、怎麼會，黏起來……咦？」

真是奇怪。影片裡薄薄的煎蛋很簡單就能折疊，但是瀧奈連一次都沒成功，煎蛋就這麼皺成一團。

『就算稍微失敗，也請別放棄喔。煎蛋捲只要最後能捲在一起就好。還能挽救。』

原來如此，這也是正常的嗎？影片給了瀧奈勇氣。

瀧奈將已經快變成炒蛋的物體推到平底鍋的邊緣，繼續注入蛋液……於是炒蛋的分量變多了。

「咦，咦……？」

恐怕是在某個步驟失敗了。不過煎蛋捲計畫只要開始便無法途中喊停。這段期間蛋仍不斷加熱，變得愈來愈硬。

只能放手一搏了。瀧奈下定決心，將剩餘的蛋液全部倒下去……再將看似炒蛋的東西盡可能擠在一起，放到砧板上。

煎蛋在感到遲疑時已經變成褐色，最後變成有著謎樣斑點的黃色固體……總之算是完成了。這樣就好。

廚具乾了之後不好清洗，瀧奈將剛才裝蛋液的碗泡到水裡，著手進行最後的步驟。

接下來就簡單了。只要捏飯糰就好。以芝麻鹽調味的普通飯糰。裡面包著梅子。外頭則是裹上稍微烤過的海苔。

瀧奈不曉得以員工餐來說是否正確。

但是她認為這是當下最好的做法……應該。

「這是什麼啊～」瑞希如此笑道。

「什麼什麼，怎麼了？」

千束也來了。只要是千束所在的地方總會發出笑聲。不過聽見笑聲便會靠過來，這也是千束的個性。只要發現可能有什麼好玩的事物，她就會靠過來打算參一腳。

「千束過來看看這個。」

瑞希指示的方向，也就是廚房的桌子上——正是瀧奈剛才製作的員工餐。

「據說這是瀧奈的精心之作喔。」

瑞希依舊笑個沒完。被她取笑了。瀧奈也很明白理由。

香腸姑且不論，煎蛋捲上頭滿是斑點，切開的斷面也暴露了瀧奈沒有成功將煎蛋捲起，搞得一團亂。

而且……

「特別是這個飯糰，很厲害吧～歪七扭八的金字塔型！」

真不甘心。瀧奈還以為簡單就能捏好。

因為她做過圓筒狀的牡丹餅，以為三角形的飯糰也沒什麼困難，認為誰都辦得倒。

然而無論她再怎麼努力，終究沒辦法捏成三角形。

況且人的手根本就沒有平面，到底要怎麼做出三角形啊？見到那屈辱的金字塔型飯糰，瀧奈便不禁冒出這樣的反感。

「……沒關係，不吃就算了。反正都是失敗——」

千束用手指輕輕觸碰瀧奈的嘴唇。

「瀧奈。我剛才說『反正』那種話……？」

瀧奈閉上嘴巴，將剩下的話語吞下去。但是不開心的心情依然不變。

於是瀧奈轉身背對她們，開始清洗剛才使用的廚具。

說話聲自背後傳來。

「是第一次做吧？」「應該吧～？」「啊～瑞希看這個，章魚香腸還用黑芝麻加上眼睛耶！」「哎呀，真注重細節。」「嗯！而且也很好吃！」「小香腸不管誰來做都差不多吧？」「啊，煎蛋捲，雖然外表長成這樣，倒是挺成功的。」「嗯，感覺滿紮實的。那麼最後就是讓人好奇的……」

一定是飯糰吧。瀧奈咬緊牙關。那是最大的失敗。

原以為自己的手藝還要再好一點。實際上應該也算得上靈巧。

所以她自以為只要有心就能做好。

只要有方法、做法、說明書之類的東西，只要資料本身沒有錯，自己肯定什麼事都能做到……但是撇開香腸不談，一面用手機查詢方法一面做的煎蛋捲和飯糰都不順利。

已經盡全力了。儘管如此……還是做出金字塔。不管做幾個都一樣。

恐怕有某些類似訣竅的東西吧。所以……

「……沒必要勉強自己。我自己會吃完。**反正**——」

「瀧奈。」

千束開口了。像是要蓋過瀧奈的發言。

瀧奈回頭一看，只見千束手拿吃到一半的飯糰，直直盯著自己。

然後露出微笑。

「真的很好吃。」

頓時停止呼吸。

千束的表情、話語、氛圍……彷彿好像接納自己的一切，溫柔地摟住自己……

瀧奈用力閉上嘴巴。把臉轉回流理台。

感覺臉頰似乎快要發紅——

內心變得愈來愈開心——

說不出話來，總覺得很不甘心……也很害臊。

——千束太狡猾了。

究竟是如何狡猾，自己也說不上來。

不過瀧奈就是這麼覺得。

Introduction 4

德田因為掌中久違的觸感，不禁感到有點歡欣。

貝瑞塔92。過去風靡一世的經典手槍。由於是美軍的制式裝備，再加上洗鍊的設計，曾經是電影與遊戲的常客。

然而出乎意料的是當日本人拿在手上時，大多會有「又大又重」的印象。難以像西方人那樣運用自如。

因此德田坐在LycoReco咖啡廳的吧檯，悄悄將手伸向桌面下方，並且再次用力握住貝瑞塔的握把。

食指不是放在扳機，而是先伸直。直到開槍奪人性命的前一個瞬間絕不觸碰。如果辦不到這一點，要不是門外漢，否則就等同於聲明自己已經走投無路。只是二流以下。

德田的目光掃過店內，有數名**看似**客人的人物。所有人都擺出平靜的樣子，不過還是流露出幾分緊張。

這一點德田也是一樣。當然了，LycoReco咖啡廳平常不是從事這種工作的場所。他也從未想過居然會在這個地方再度握槍。

究竟能不能像年輕時那樣使槍，坦白說他也不曉得。不過他自認比其他的門外漢要好上幾分。

德田與坐在吧檯角落的土井突然四目相對。土井像是看穿德田的緊張，輕聲哼笑。

聽說土井過去有很長時間都在這個錦糸町經營複數店面。也許就是因為這樣吧。想必他肯定經歷過幾次危機，看起來似乎習以為常。

可不能輸給他啊。如此心想的德田再次提振精神。

——噹啷噹啷。

門鈴響起。客人來了。是一名提著紙袋的白髮女性。

目標人物登場。握著貝瑞塔的手微微冒汗。

「讓妳久等了……吧？」

站在正中央的她一開口，店裡夾層座位的黑髮女性便站起身來。

「妳竟敢這麼大搖大擺……東西帶來了嗎？」

看到她走到樓下，白髮女露出無所畏懼的笑容。

「那當然——放在家裡！」

白髮女性從紙袋裡拿出手槍。那是小型左輪手槍。槍口即將轉向黑髮女性的額頭時，德田等人——店內所有客人同時開始行動。

接著德田與夥伴們一起吶喊：

「「「「「不許動！」」」」」

德田與土井坐在吧檯，椙椙米座位上看似大學生的女生以及帶著幼兒，應該是母親的女性，還有夾層桌邊的水手服女國中生……不只是這些客人，廚房裡手持散彈槍的黑人也舉槍對準了白髮女性。

白髮女性的左輪手槍在指向黑髮女性的前一瞬間停下動作，表情因為震驚而僵硬。

黑髮女性毫不介意當下狀況，主動靠近白髮女性，在她耳邊細語：

「只靠自衛用的五發子彈左輪手槍，對上六個人似乎很辛苦喔？」

「……呃！」

於是場面陷入膠著，沉默充斥店內。

異樣緊張感不停持續，人聲終於響起。

「好！ＯＫ——！非常感謝各位的協助！」

手持攝影機的女性——漫畫家伊藤一開口，眾人同時鬆了一口氣，店裡又熱鬧起來。

「哎呀～好久沒玩這種了。」「這是沒關係啦，不過最近不是都靠3D動畫嗎？」「我沒有這種預算和技術啦——」「可、可是，真的很好玩喔！心臟跳得好快！」「上次是在國中演話劇時了，哎呀～真想定期演一下。」

客人們愉快地相視而笑。

伊藤目前連載中的漫畫似乎在作畫方面遭遇困難，為了提供參考資料，店裡常客於是鼎力相助。

當然了，白髮女性與黑髮女性正是千束與瀧奈。負責演出伊藤連載漫畫裡的主角與反派，而且伊藤還說主角的原型本來就是千束，除了她之外沒有更適合的人選了。

伊藤在演出短劇時拍攝了大量的照片和影片，現在眾人正圍繞在榻榻米座位一起看。大家都出乎意料上相，不禁感到既害臊又羞怯。

「那就把這個當成參考……坦白說幾乎都是照描啦，我會好好使用的……順便問一下，有人覺得哪些地方想修改嗎？」

土井希望能更紳士一點，女國中生則希望更加帥氣，眾人紛紛提出自己的要求時，只有一個人開口提出修改別人的姿勢。是千束。

「啊～……德先生的手可能稍微改一下比較好喔。」

咦？德田不由得驚呼出聲。

瀧奈也探頭看向伊藤打開的筆記型電腦螢幕，於是發出了然於心的聲音說道：

「啊～槍的握法是『茶杯式』。確實感覺不夠專業。」

根據千束兩人的說法，持槍時用右手握住，然後用左手手掌從下方支撐，這樣的握法似乎名為「茶杯式」。

如果是在左輪手槍的全盛時期就算了，可連發的半自動手槍成為主流的現代——況且德田手中的貝瑞塔就是這類——這種握法似乎看起來很不專業。

放在下方支撐的手好像沒什麼意義，如果要雙手握槍，就應該用雙手穩穩握住，要不然就像土井那樣單手握槍並且挺直握槍的手臂，看起來會比較一般。

「簡單來說，這樣握槍的話，開槍時只能靠右手抑制後座力。所以如果左手像這樣紮實握住，就能用雙手承受後座力，馬上就能開第二槍。」

千束實際擺出姿勢後，伊藤說聲：「原來是這樣啊。」做起筆記。

「……那個，不好意思……因為我一直以為是這樣……」

在接近二十歲的青春時代。忘記為了什麼理由衝動買下空氣槍後，便擺出這個姿勢與朋友們嬉戲，心裡覺得應該沒問題吧……德田稍微感到有點害臊。

雖然伊藤與大家都笑著表示「沒關係沒關係」，但是早知如此就不該不懂裝懂，攝影前應該虛心討教接受指導才是。沒問題，其實我滿懂的喔——回想起露出得意的表情自誇的自己，不禁有些難為情。

「千束對槍之類的東西很了解嗎？」

德田像是要遮掩害臊的心情，如此問道。

「啊哈哈。」千束笑了幾聲，感覺有點像是蒙混時的乾笑。

「呃，那個……因為我很喜歡電影嘛～」

看起來像在害羞，也像是因為話題轉向不希望別人觸碰的部分……真是搞不懂。

「話說回來，千束對電影很有研究呢。而且不分新舊，特別是動作類型。」

聽到伊藤這麼說，千束害臊地擺出搔後腦杓的姿勢。
「哎呀，跟普通人差不多吧。之前也買了『異形』系列的整套BD。」
喔～德田不由得發出感嘆的聲音。
這種在家看電影時理所當然選擇線上版的時代，特地買光碟這件事相當稀奇。若非是收藏家，已經很久沒聽說了。
而且千束還是十來歲的少女……更是稀奇。
德田決定針對這點試著提問。
「哎呀，該怎麼說呢。畫質和音質比較好，不用擔心影片下架，這些當然都是理由……果然還是購買光碟版才有那種擁有這部作品的感覺吧？啊～那部名作終於屬於我了！類似這樣的感覺。還有就是……啊，方便推薦給別人！這是真的！線上版的話，若是對方訂閱的串流服務沒上架就看不到了！」
瀧奈以受不了的表情看向千束。
「結果就是……每次都把一大堆光碟塞給我。」
「我有精心挑選過了……全都很好看吧？」
「在討論內容之前，我原本還以為這是任務或訓練的一環，一邊做筆記一邊看，感覺自己真是太慘了。」
原來是這樣啊。德田如此心想。

千束是因為熱愛電影而熟悉槍械，瀧奈則是被她逼著一起看，因此多了幾分知識吧。

一有機會就想推薦電影給別人的電影愛好者並不少，千束大概也屬於這種人吧。

「現在還是會定期把光碟塞給我，滿傷腦筋的。」

「真是的～不要這麼說嘛～瀧──奈──我絕對會挑選特別好看的～」

想推薦作品給別人，也有分成幾種做法。千束大概是屬於希望與別人分享自己覺得有趣的作品吧。

觀賞同一部作品，笑著對彼此說聲：「很好看啊。」

德田覺得這樣和自己似是而非。

大學時代的德田是因為想對外宣稱「這是自己發現的」，才會在逐漸消失的錄影帶出租店翻找冷門的作品……

回想起來還是有點不好意思，而且仔細一想，現在的自己和當年似乎沒有任何不同。

之所以想介紹LycoReco，到頭來也只是想得意地對外宣稱：「是我找到的，是我向大家介紹的。」

「真的那麼想讓瀧奈妹妹看電影的話，乾脆和她一起去電影院，不然就直接帶到家裡，把門鎖起來不看完不開門不就好了。」

聽見伊藤的建議，瀧奈露出不耐煩的表情。

「……多管閒事。」

然而千束卻是抱胸說聲：「原來還有這招。」朝著瀧奈露出不懷好意的笑容。

「瀧奈君，今晚要不要和大姊姊一起玩啊？」

「……今天晚上有工作喔。」

「啊～糟糕……」

還是國中生的少女……名字應該叫加奈，只見她露出納悶的表情。

「妳們晚上……還要工作嗎？」

「對啊，加奈。大姊姊我們晚上有祕密的工作喔。」

千束伸手扠腰，挺起胸膛。德田與土井見狀不禁互看一眼。看他們的表情，大概想像到同一件事。

在這個年頭，年輕女性在夜裡，還說是祕密的工作……特別是千束的胸前意外有料，瀧奈也是正統派美少女，再加上錦糸町這個地方……兩人心中的不安油然而生。畢竟這是個詭異謠言從來沒少過的地方。

「德田、土井，不要冒出下流的想像。只是單純的體力工作而已。」

雖然早已過了中午，卻是明顯剛睡醒的少女——胡桃來到店裡如此說道。

「單純只是服務社會。說穿了就是清理垃圾……為了日本。」

聽起來像是志工吧？不過為什麼要在夜裡……？

正當德田百思不得其解時，握著拐杖與散彈槍的米卡比眾人晚了一點來到桌邊。

「讓我瞧瞧……哦~不錯啊。挺有模有樣的。」

米卡的畫面看起來不太起眼。待在吧檯另一側也是原因之一吧，不過主要是因為雖然身材高大，姿勢卻異常得低。

幾乎是以吧檯遮蔽全身，從外面看去只能看見鼻子上方以及散彈槍。

「……嗯？」

德田感到有點訝異。米卡這個持槍姿勢，該不會是預設對方可能反擊，儘量擋住身體的結果吧？

不像土井那有如往年的動作片主角一般大方，也不像德田那樣擺明就是門外漢……而是更加注重實戰……

儘管知道不能靠著外表判斷一個人，但是根據米卡的外表來推測，他很有可能是在海外誕生的。考慮到這一點，有可能在年幼時期，或者往後的時間都在槍械隨手可得的環境之中成長。

這麼一想，一切就合理了……不過真相又是如何呢？

無論如何，LycoReco咖啡廳的謎又增加了。

「晚上的工作很累耶。老師，拜託給我老樣子。」

「我知道，千束。我會事先準備。」

你們再說什麼？加奈問道。

「沒什麼大不了的。只是要把深焙的咖啡豆磨得很細而已。」

德田明白他們在說義式濃縮咖啡。

第四話 「LycoReco Of The Dead」

『各位請保持冷靜……也許這就是世界末日。但請不要捨棄希望。救援一定──』

嗯～……瀧奈因為臉頰傳來既堅硬又莫名柔和的木頭觸感而沉吟。

自己似乎不小心睡著了，身體十分沉重。就連睜開眼睛都嫌累。

吸進鼻子裡的空氣有股氣味。咖啡豆特有的清爽香氣，以及不太明顯的甜味……這裡是LycoReco咖啡廳店裡。而且隱約有種……千束的味道。

『……看來這間錄音室也瀕臨極限了。「它們」的呻吟從剛才就不停傳來。已經來到路障的另一頭……在此向各位致上謝意。能夠盡自身職責直到最後一刻，是我無上的喜──啊、啊啊啊──！』

物體遭到暴力破壞，無數步伐逼近的聲響伴隨慘叫聲傳來……然後一切歸於寂靜。

接著傳進瀧奈耳中的，只有平穩的呼吸聲。

不是自己的。那麼會是誰？

有如推開沉重大門一般睜開眼皮，硬是拉起似乎正在往深處下沉的意識。

視野模糊。昏暗的世界。可以看見……千束的睡臉。

「……嗯？」

身穿Lycoris制服的千束趴在LycoReco的吧檯，橫著臉睡得正熟。同時瀧奈也逐漸明白現狀，自己的姿勢大概和她一樣，有如互相凝視般面對面趴在吧檯。

自己鮮少會打瞌睡，再加上千束就更奇怪了。

瀧奈撐起身體，揉了揉眼睛。感覺不太對勁。看了一下店裡，除了從窗口照進來的夕陽光芒為店內抹上黃昏的色澤，其他沒有什麼特別——不，不對勁。

LycoReco採光良好，同時店面在設計時也積極從窗口引入自然光，儘管如此就算是在白天，基本上還是會開燈。因此就算來到黃昏時刻，也不曾被染上這個顏色。

今天公休嗎？還是打烊了？

想不起來今天是星期幾。店裡的電視只有代表播送結束的彩條信號，沒有任何資訊。

瀧奈拿出手機一看，不出所料今天是營業日，而且也還在營業時間……但還是不對勁。沒有訊號。顯示為離開服務範圍。店裡的Wi-Fi似乎也失效了。

「唔……嗯？」

千束先是沉吟，撐起身體才用力伸個懶腰。

「奇怪？大家……老師呢？」

「不知道。我好像也是一直睡到剛才……狀況不太對。」

千束也同樣環顧店裡，偏頭問道：「停電嗎？」但是電視還開著，看來並非如此。

——噹啷噹啷。

門鈴響了，瀧奈兩人習慣性地站起身來。

「歡迎光……臨……」

瀧奈不由得語塞。因為走進店門的男子……擺明了不正常。

骯髒破爛的服裝，有如廚餘的惡臭。

欠缺生氣的眼眸，張開的嘴巴只會發出呻吟，至於渾身幾乎剝落的皮膚……已經開始腐爛了。

那副模樣只能說是屍體，而且既然還在動——

「是喪屍耶——♪」

千束興高采烈地跑向看似喪屍的對方。

「咦？怎麼了？今天不是萬聖節吧？咦～？這個變裝超用心的——！」

就角色扮演而言堪稱是好萊塢水準的技術。況且這股腐臭味無疑是超越玩樂的程度。

正如同千束所說，毫無疑問……正是喪屍。

然而究竟為何、為什麼、怎麼會這樣……無數的疑問湧了上來。

不過面對這個莫名其妙的狀況，這些疑問的最佳處理方式就是暫且忽視。

過多的疑問會造成混亂，混亂會使行動有所遲滯，導致狀況更加惡化。因此暫時無視所有疑問，平靜認知眼前的狀況，並且加以應對。

不管是陷入混亂，還是思索各種可能性，在緊要關頭時同樣浪費時間。

瀧奈抄起吧檯的圓椅子，用力扔向喪屍。喪屍的頭部被砸個正著，椅子化為碎片，喪屍腳步踉蹌退出店外，然後跌坐在地。

「喂！瀧奈！」

不理會吃驚的千束，瀧奈關上店門之後上鎖。

「太、太過分了吧！怎麼突然對客人……」

「千束覺得那個看起來像客人嗎？」

「……呃——與其說是客人……喪屍？」

「沒錯。正確答案。」

「夏威夷旅行？」

「妳在說什麼啊？」

咚！門板遭到用力撞擊。

「妳看吧，瀧奈……人家生氣了。」

「被使盡全力的椅子砸到頭還默默敲門的人絕不正常。如果是正常人，不是叫救護車就是報警。」

「這個嘛……也許是這樣沒錯，不過對方也許只是很壯。先確認一下吧。」

「為什麼妳一直幫喪屍說話？」

「因為……喪屍耶？應該不太可能吧？」

「的確不可能。可是——」

「瀧奈，妳冷靜一點……該不會是電影或漫畫看太多了？」

「被千束這樣說會感覺生氣呢。」

「所以妳是遊戲派？」

「我生氣嘍？」

「啊～不是的～那麼是懲罰遊戲？」

「就說妳從剛才到底在說些什麼？」

「類似以前的猜謎節目？……算了，不管了。不過先朝現實的方向思考吧？剛才那個人是不是有點腐爛了？」

「是的。所以說——」

「這就是問題所在啊。喪屍之所以有腐爛的形象，是受到過去的喪屍電影等影響喔。在感染病毒導致喪屍這種劇情普及之前的作品裡，喪屍的來源是宗教或魔術之類的，登場時會從土葬的墳墓裡爬出來，所以肉體才會腐爛。這在基本上都是火葬的日本不可能發生。」

「……可是，對了，之前和土井先生到電影院看的電影，雖然那是病毒造成的……裡面的喪屍也有些腐爛吧？」

「那是為了表現出感染病毒化為喪屍後，已經過了好幾天吧？」

啊～……瀧奈不由得發出同意的沉吟。

無論是因為病毒還是魔術，變成喪屍的人類突然腐爛這種事，不應該在日本發生。因為不至於馬上腐爛，除非是在盛夏時期——不，就算是盛夏時期，一覺醒來就發現四處都是腐爛的喪屍，這種狀況根本不合理。

「那麼剛才那個到底是什麼？」

「也許是非常用心的角色扮演？」

「要確認一下嗎？」

「就這麼辦。」

兩人先打開鎖然後開門。眼前的男子低聲呻吟，脖子明顯朝著不自然的方向彎曲。

千束與瀧奈同時抬腳用力踢飛喪屍，接著關門上鎖。

「瀧奈小姐，那個好像是真的喪屍吧？」

「我認為那就是喪屍。打從一開始就這麼說了吧？」

千束與瀧奈兩人面面相覷，「唔嗯」稍微思考了一下。

「總之先確認現況吧。」

千束跑到窗邊觀察室外。瀧奈則鎖上員工出入用的後門，順便在店裡繞了一圈，確認有無入侵者或是其他LycoReco成員。並且打開胡桃總是待在裡面的壁櫥，卻只見到連電源都沒開的電腦。

為了以防萬一，瀧奈將在更衣室裡發現裝有槍枝的劍橋包——千束與自己平常用的兩人分拿到店裡。

千束手裡拿著電視遙控器。

「電視不行啊。手機的網路和電話也不通。」

「不出所料吧。預防萬一的裝備我放在這裡……胡桃他們都不在店裡。」

「嗯～這樣啊～要是沒事就好了……外面只有看似喪屍的人四處徘徊。因為沒看到正常人……有點擔心就是了。」

「既然那種**東西**若無其事地在街上徘徊，最好認定不只是警察，正常的都市機能都停擺比較好吧。」

「為什麼會變成這麼令人興奮的狀況啊？」

「妳覺得興奮嗎？」

「當然啊——！妳不會嗎？欸～換個角度思考，這也是夢想的情境嘛。難道妳不曾妄想過嗎？在千鈞一髮之際逃出充滿喪屍的危險場所，好幾個人守在購物中心……啊，對了，就是購物中心！我們走！非去不可！甚至可以說是生存者的義務！」

「千束，日本的大型購物中心並不像海外那麼多。就算到了郊外的購物中心，入侵管道還是很多，光是要封鎖所有入口，並且驅除所有闖進內部的喪屍就需要大量人力……更何況日本的購物中心沒有賣槍，應該沒什麼**好處**吧？」

「咦～？可是至少有電鋸吧？」

「……用那種東西去砍會動的喪屍，會變得很麻煩喔。」

如果是吊起來已經去皮並且放血的肉塊還另當別論，電鋸本身太重而無法輕易揮動，一旦擊中目標就會導致血肉橫飛，此外若是將衣物或頭髮捲進鏈條就容易發生故障，斷裂的鏈條甚至可能以恐怖的速度飛走……已經可以想見很快就會遭遇這種麻煩事。因此並不適合用來當成武器。

告訴千束之後，她露出明顯感到無趣的表情。

「……瀧奈真沒夢想。」

「有啊。成為首席Lycoris執行工作——」

「才不是那種！我這裡說的夢想……呃～是浪漫啦！」

「那不重要，總之先蒐集更多情報吧。我記得防災背包裡面應該有收音機。」

「咦～同意一下嘛～陪我一起興奮嘛～」

「有機會再說。」

瀧奈先是冷淡拒絕，為了隨時都能動身，找出收在吧檯下方的防災背包，從裡面拿出收音機。

——噹啷噹啷。

嚇了一跳的瀧奈從吧檯探出臉來。門還關著。然而……

「……千束？」

店裡只剩下瀧奈一個人。

1

廣播電台只剩下一台。

根據廣播得知的消息，這場謎樣的喪屍大爆發是從昨晚天還沒亮時便以驚人的速度擴散，過了中午左右，日本的都市機能便已停止。雖然不知道起源等情報，但是因為海外比日本更早陷入混亂，因此恐怕無法期待國外的救援。此外，自衛隊與警察等機關雖然在剛開始混亂時有展開活動，但是現在已經無法確認其存在……

再加上老套的設定——喪屍會吃人肉，被咬到的人也會變成喪屍。

這個廣播電台也是將錄音室完全封鎖，以私人發電機供電。主持人不時啜泣，教人難以消受。

瀧奈將取得的情報全部整理在筆記上，重新審視。

果然很奇怪。

爆發的擴散速度未免太快了。假使喪屍出自某種病毒，並且假設其具備使肉體快速腐爛的作用，腐爛的速度還是太快。

更何況如果真的發生在今天清晨，難道自己和千束就這麼渾然不覺，趴在吧檯過了大半天嗎？這不可能。

愈是思索，瀧奈的思考不斷朝唯一的結論集中。

沒錯，千束剛才已經說出答案。

「……這是夢吧。」

隨著事實不斷累積，愈能得到這個結論。

至少絕對不是現實吧。

只是瀧奈轉念一想。

為什麼自己會夢見這樣的世界呢？

這場夢的感覺反倒更像——

——噹啷噹啷。

「我回來了——！」

千束回來了。她的肩膀掛著標價牌還沒拆掉的波士頓包。

「別忘了上鎖，千束。」

「咦～？妳不為我的生還開心嗎？我還以為妳會說好寂寞喔～妳跑到哪裡去了笨蛋～然後哭著撲過來。」

「因為事先準備的背包不見了。既然妳帶著槍出門，就算得上是準備充分吧。不過還請不要輕舉妄動。」

「好──」

「話說妳去蒐集了什麼東西回來？」

「姑且拿些罐頭之類的保存食品和維他命……還有這個！」

接著拿出木製球棒，不知為何還有一些工具。

「說到喪屍電影……果然要有鐵釘球棒！不過外頭沒賣，只能自己做。」

「……妳開心就好。然後呢？外面的狀況如何？」

「所～有人都變喪屍了。這樣反倒沒有現實感，也不恐怖。只是有點臭而已，就算撲過來動作也很慢。到頭來根本沒必要用槍。」

嗯嗯。瀧奈先是思考了一會兒，決定將剛才想到的假設告訴千束。

「……千束，我覺得這裡是夢境。」

因為太陽逐漸西沉，店內也愈來愈暗，千束正打算開燈。

「我也這麼覺得。既然這樣就該好好享受。如果是難得的夢……奇怪？停電了？」

抬頭一看，方才映著彩條訊號的電視也在不知不覺間熄滅。

「……我來準備照明。」

瀧奈從防災背包裡拿出ＬＥＤ提燈並且點亮。

千束馬上利用那道光芒，以充電式電鑽在木製球棒上面接連鑽洞。她說因為木製球棒太硬，直接釘釘子會裂開。

瀧奈不曉得這些事。

如果這是一場夢……至少不是自己的夢。

如果真是這樣，現在冒出這些想法的自己又是什麼？

就連當下的思考，也是夢境之主的夢嗎——

那麼自己究竟——

2

彷彿與停電相呼應，自來水也在不知何時停了。

剛才千束為了打造鐵釘球棒而離開時，瀧奈當然有事先儲水，不過並不多。

果然還是只能離開這裡了——瀧奈做好覺悟。即使想要在這裡堅守，也沒有充足的物資，如果想要等待救援，這個地方也太不起眼。

在LED提燈的照明下，瀧奈與千束一邊整理裝備，一邊討論日後的方針。

「既然妳說購物中心不行……那麼果然只能去自衛隊駐紮地了吧？」

木製球棒已經被電鑽鑽出一堆洞。千束先將接著劑擠進去，再把鐵釘釘進球棒裡。刺蝟狀的武器逐漸成形。

「自衛隊……目前還維持運作嗎？」

瀧奈從武器庫拿出兩人攜帶上限的彈藥，然後一一裝進彈匣裡。瀧奈並非選擇平常使用的全金屬被甲式圓頭彈，考量到這次的對手主要是**原本為人類**的生物，因此選用空尖彈。重點不是穿透力，而是命中時的破壞力。

「就算失去機能，一定還有充分的武器和物資，而且本來就設想到孤立無援的狀態，做了很多準備吧？好歹也是在準備打仗嘛。」

千束說得沒錯。考量到戰爭時期，即便所有管線都被切斷，應該還能維持一段時間。不過，只有一點值得擔心。

「……就算對方是喪屍，我不認為自衛隊會開槍就是了。」

「這倒是……」

日本的自衛隊一方面進行射擊訓練，另一方面又嚴禁開槍，即便本國國民已經化為喪屍，自衛隊恐怕也沒有朝著國民開槍的覺悟。面對這種狀況能做出開槍這種決定的人，要不是早已被積極排除，不然就是送到執行特殊任務的部隊，這是十分基本的認知。

既然如此，一旦喪屍入侵自衛隊的駐紮地，或是內部爆發感染時，很可能**束手無策**。

「千束有辦法開槍嗎？」

千束停下作業中的手。瀧奈也停下動作看著她。

「……不曉得啊。雖然不想殺人……但是……畢竟是喪屍嘛。」

「至少我覺得妳看起來充滿幹勁。」

千束看向手中的鐵釘球棒笑道：「確實。」

鐵釘球棒這種道具，若非懷著「殺掉也無所謂」的念頭根本無法使用。

「反正大概是夢。對方是喪屍的話……好吧，開槍也是逼不得已的。不過還是用平常的子彈吧。」

「這麼堅持啊。」

「我玩遊戲時也是這樣……因為很強、因為能贏、因為省時……不想為了這類原因捨棄自己的遊戲風格──」

「這算是自尊嗎？」

「沒有那麼帥氣啦……只是覺得直到最後都想貫徹自己。」

我明白了。如此回答的瀧奈開始將彈藥裝進千束的彈匣。

如果喪屍真的一如預想地腐爛，即使是千束的槍也能期待充分的效果。不，也許更在那之上。如果目標有如電影的喪屍那樣莫名軟爛，便無法否認連空尖彈都輕易貫穿的可能性，倘若換成塑膠易碎彈，不管對方的硬度都能給予同樣的衝擊力，說不定更有效……

「那麼瀧奈覺得去哪裡比較好？」

「到DA本部。」

「……也是啦。」

周遭有鐵柵欄環繞，就算程度不及自衛隊駐紮地，應該還是有遭到孤立時能夠撐一陣子的物資儲備。

而且DA雖然在全國各地都有分部，目前位於首都圈的本部就各種角度而言都是最完善的，當年千束在此成長，瀧奈也搬過來累積訓練。

過去DA的重心放在京都，不過自從遷都東京之後便開始投入資源加以強化，因此包括教育訓練設備，以及預防大規模恐攻所準備的超法規火力與物資等儲備，可謂一應俱全。

不過瀧奈將之視作第一候補的理由在於該處的戰鬥員受過組織性的訓練，而且這些訓練都是為了對人開槍。

目的並非**打倒手持武器來襲的敵人**，而是**在對方毫無防備的狀況下，殺死有著非殺不可的理由之人**，而且執行起來彷彿理所當然。這些人才齊聚一堂，組成了將日本的異常視為自身日常的集團。

就當下的狀況而言，可以說是最為理想的組織。

同時，即使是現役Lycoris的瀧奈也無法窺其全貌，不過若是要與應該存在的同類組織攜手合作，DA想必也比較容易辦到。

DA是Direct Attack的簡稱。就組織名稱而言顯然不正常。

若是獨一無二的組織，取個類似Lycoris這種稱呼即可，既然刻意將具體的職責直接當成組織名稱，就表示並非如此。

換言之，理應存在著同樣標榜「守護日本的和平形象」為理念，以直接攻擊敵人為主要業務的其他組織。

恐怕還有數個類似的超法規組織，DA是其中一個專門組織，甚至可能只是巨大組織當中的一個部門。而為DA如此命名者——應該也存在統括這些組織，管理這些的上級單位。

雖然從來沒有人教導瀧奈這些事，但是只要對DA的名稱抱持疑問，遲早都會注意。但是總覺得不好說出口，Lycoris之間的對話也鮮少提及。

無論事實如何，可以預測這些就是當下最可靠，也最能夠有效活用兩人戰鬥力的日本唯一的組織。

「原來是這樣～那麼就去找楠木小姐。」

瀧奈花費一點時間解釋與其他組織的合作等考量之後，千束輕描淡寫地回答。

果然她也如此預料……不，她大概知道吧。春川風希也一樣，似乎知道其他組織的存在，也許成為首席Lycoris就有資格知道。

自己得知所有祕密的一天也會到來嗎？穿上首席Lycoris制服的那一天……

無論如何，在這個喪屍世界想必十分困難，現在也不是想這些事的時候。

現在該做的既不是夢想將來也不是唉聲嘆氣，而是活下去。瀧奈重新振作精神。

「……那麼，接下來……」

將子彈裝進彈匣的瀧奈再度進入武器庫。剛才雖然沒注意，但是她發現兩個可疑的槍枝收納袋（Pelican）。打開一看，裡頭裝著狙擊槍和散彈槍，於是順便拿出來。這似乎是米卡和千束的裝備。

真是出乎意料的幸運。狙擊槍暫且不提，散彈槍值得開心。

這把是Kel-Tec的KSG。理所當然般只有非殺傷性彈藥。

為了以防萬一，瀧奈打開一顆彈藥（Shot shell），取出內部的子彈檢查，發現裡面裝有六顆內含金屬芯的橡膠彈。若是在極近距離發射，不管是多麼強悍的壯漢，一發就能把三個人送進醫院吧。瞄準頭部甚至能夠致命。

如果是面對喪屍，只要一發就就能打倒一群。瀧奈決定帶走。

另一方面，與千束討論過後，決定將狙擊槍留在店裡。行李已經太多了。

如果是半自動槍械也就算了，單發式（Bolt action）的武器對喪屍恐怕沒什麼意義。就算可以狙擊遠處的敵人，既然喪屍不至於使用遠距離武器，只要忽視即可。

千束與瀧奈接連將行李塞進波士頓包。槍、彈藥、保養器具、攜帶瓦斯爐、食物、水、包含衛生用品的各種藥物、最起碼的換洗衣物、手電筒、無線電，以及巧克力餅乾（Alfort）……

「……這是什麼？」

「咦？很好吃啊？」

「……這樣啊……」

說再多也沒用吧。瀧奈嘆了口氣便放棄爭論，把零食也塞進包包裡。

於是完成兩個塞得鼓鼓的波士頓包。重到拿起來的時候不禁會發出「咕」的一聲。

雖然分成兩個，但是食物與水，以及散彈槍與球棒是主要原因，這一切重量都沉甸甸地壓在單邊肩膀。

若是用雙肩承擔重量的背包式會比較輕鬆，然而兩人的背必須留給劍橋包，因此只剩肩揹式的選項。

這個重量似乎也讓千束覺得吃不消，拿起來之後一臉痛苦。

「雖然不至於拿不動，但是我可不想帶著這個跑馬拉松或戰鬥啊。」

「想辦法弄輛車吧。無論如何都需要移動手段。」

「咦～既然這樣帶更多東西也沒關係吧？」

「狀況還不明朗。萬一車子出問題時，希望能夠方便脫身及攜帶。」

不知道會發生什麼事，因此儘量多帶物資應變。或是不知道會發生什麼事，因此盡可能便於行動……的確是兩難。

恐怕兩邊都正確，依照狀況不同，也有可能兩邊都是錯的。原因只是瀧奈偏好後者，如果千束有她的堅持，瀧奈也願意討論。不過千束只是簡單說聲「ＯＫ」就接受了。

她似乎覺得只要有鐵釘球棒就滿足了。

準備出乎意料花時間，已經是深夜時分。兩人決定等白天再行動，因此從壁櫥中取出稍微睡一下用的棉被，瀧奈動手將兩床被窩鋪在榻榻米座位。

千束二話不說，立刻將兩床被窩靠在一起。

「……為什麼？」

「這樣比較好玩嘛！」

穿著制服的千束直接鑽進被窩，並掀起隔壁的棉被。

「來，Come on！」

瀧奈先是感到傻眼，接著從劍橋包裡拔槍。

「嗚喔喔——！真的那麼生氣？」

「妳在說什麼。只是放在枕頭邊備用。」

「啊，對喔對喔。那我也準備鐵釘球棒吧。」

瀧奈原本打算每三個小時起來輪流守夜，但是懶得和千束爭論了。

況且本來就一直睡到幾個小時前，因此其實不想睡，也不覺得累。只要待在被窩裡保持清醒就好。

瀧奈以髮圈簡單束起黑色長髮放到肩上，隨後便聽從千束的要求，鑽進被窩裡。雖然制服大概會弄皺，不過這種時候也不能脫衣服吧。

「不曉得老師他們有沒有事。」

「……畢竟完全沒有任何痕跡。還是會擔心就是了。」

米卡和瑞希另當別論，瀧奈不認為胡桃會主動離開這間店。不管有沒有喪屍，她從平常就面臨生命危險。而且最重要的武器，電腦的電源也沒有開啟。既然如此……

由於她的電腦總是二十四小時開機，導致咖啡廳的電費暴增，因此發生過一些事。這還是瀧奈第一次見到胡桃的機器完全關機的模樣。

如果這個世界真的是一場夢……也許胡桃不算在登場人物裡吧。

「欸，瀧奈……妳有喜歡的人嗎？有吧？」

「妳突然在說什麼啊？」

因為出乎意料的話題突然來襲，瀧奈轉頭看向躺在一旁的千束……但是千束的臉近得嚇人，瀧奈不由得把臉轉開。

「兩個年輕女生躺在一起，當然是討論戀愛話題啊！」

「…………這是在店外有喪屍，枕邊擺著槍和鐵釘球棒時談論的話題嗎？」

「只要人類依然存在，戀愛話題就會永遠持續喔？快點快點，老實向大姊姊招來！」

「沒什麼好說的啊。」

「應該有吧？不可能沒有吧？嗯～？」

瀧奈擺出無視的態度看向天花板，因為千束靠得太近，聲音和氣息直接拂過耳邊。

難以忍受的瀧奈轉身背對千束。

「……瀧奈的頭髮總是這麼漂亮。而且聞起來很香……」

千束的細語聲傳來。接著伸手摸向頭髮。瀧奈不予理會。於是千束像是趁這個機會，拿下束著瀧奈頭髮的髮圈。

「……千束，請不要，呀啊！」

千束把臉埋進瀧奈的頭髮裡。感覺到千束的鼻尖與嘴唇觸及自己的後頸，瀧奈不由得發出尖叫聲，把身子挪開。

「原來瀧奈也會發出那種聲音。」

呵呵呵。發笑的千束以彷彿輕輕摟住瀧奈後背的動作靠了過來。擺明了打算鑽進瀧奈的被窩裡。

瀧奈心想乾脆一腳把千束踹飛──就在這時。

耳朵聽見店裡玻璃一起被打碎的聲音。大量的呻吟聲。腐臭充斥店內。

所有窗戶都遭到破壞，喪屍連滾帶爬般闖進店裡。

「糟糕～！打情罵俏就會被盯上，這是最基礎的發展啊──！」

「還在說什麼啊，開始應對！」

瀧奈踢開棉被，拿起手槍。目前闖進店裡的喪屍共有八隻。儘管前仆後繼，但是第一批因為腳勾到窗框而跌倒，現正趴在地板上爬。沒必要害怕。

瀧奈毫不遲疑就開槍，瞄準摔進入店裡的喪屍頭部開槍。面對喪屍打頭最有效──並非出自這種刻板印象，在確實能夠打中的距離，瀧奈本來就會瞄準頭部。

子彈命中時，喪屍的身體瞬間猛烈痙攣，隨即停止爬行。

有效果。沒問題。能打倒。

瀧奈沒有任何猶豫，接二連三開槍。

「該走了，千束，拿行李！」

LycoReco店內空間並不寬敞，就算動作遲緩，一旦對方憑著數量步步進逼，最後終究無法抵禦。

明明就有千束帶回來的工具，好歹應該先在窗戶釘木板。瀧奈懷著這般後悔的同時，將槍口轉向擺明針對兩人而來的喪屍不斷扣下扳機。

「咦～真的假的……嗚～」

手拿球棒的千束像是感到害怕一般傻傻站在店裡。看起來就像孱弱的少女。

「千束，妳在做什麼！」

「哎呀～果然真的遭遇時，雖然是叫喪屍，看起來還是人模人樣，話說這根本就是人啊……要用球棒痛毆還是有所抗拒……」

「那麼不戰鬥也沒關係，先拿著行李離開——」

「啊，是瑞希耶。」

「咦！」

瀧奈聽見千束這句話而轉頭，發現進入店裡緩緩走動的喪屍裡，有一隻毫無疑問**曾經是**瑞希。

眼珠混濁發白，皮膚腐爛剝落，身體各處都有被咬的齒痕，肌肉也被撕裂——雖然慘不忍睹，但那毫無疑問是瑞希。

那個閉不起來的嘴巴滴下唾液，不斷發出彷彿詛咒的呻吟，朝著千束逼近。

「千～……束～……喔喔呵……」

「啊啊，瑞希，怎麼會變成這樣……啊啊，為什麼，到底為什麼……去死吧！」

千束使盡全力揮擊。鐵釘球棒在猛力擊中瑞希身體的瞬間便折斷了，不過對方也被砸向牆面，癱軟倒在店裡的地板上。

「啊，折斷了！我辛苦做的耶！」

「……妳、妳真的下手了。話說回來，妳辦得到吧？」

「哎呀～妳也看到了，那完全就是喪屍，乾脆讓她好好去死，也算是身為夥伴應盡的義務吧。況且，反正是夢嘛。」

千束把折斷的球棒握把扔向瑞希的屍體，揹起了劍橋包便立刻抽出愛槍，將第一發子彈送進槍膛（Chamber）。

「要走嘍，瀧奈。」

「我從剛才就一直這麼說吧。」

倒地不起的瑞希身體蜷曲，千束朝她的腦袋補了一槍給予最後一擊，隨即扛起波士頓包衝向通往室外的門，打開門鎖。

千束一開門，無數殭屍彷彿嚴陣以待般佇立於外頭。千束毫不遲疑便靠了過去，將手槍斜舉至面前——以延伸姿勢準確瞄準喪屍們的脖子。

大概是在射擊瑞希時確認過了吧。儘管已經腐爛，非殺傷性子彈仍然難以擊穿頭蓋骨。因此她選擇頸部。用非殺傷性彈頭在極近距離擊中由柔軟肌肉構成的脖子，就連普通人都有可能斃命。

換作是喪屍——也就是以腐肉構成的對手，那就更容易了。被千束擊中的喪屍就像是挨了上鉤拳，臉龐朝上往後倒下。有的喪屍腐肉四濺，有的則是腦袋因為脖子斷裂而掉落，軀體頹然倒地。

雖然對方是動作遲緩的喪屍，畢竟是懷著敵意逼近的對手，而且只瞄準目標面積比頭部更小的頸部還能接連精準擊中，難度相當高。

然而千束卻像是隨手拈來一樣簡單，就像這是重複玩到膩的遊戲。

用五發子彈解決五隻喪屍，千束一面換彈匣一面走向外頭。

「千束，彈匣不要扔掉！請考慮到沒有補給時的長期戰鬥！」

瀧奈撿起千束的彈匣塞進波士頓包，正要追上前去……

「呃呃！」

因為衝到外面的千束往後退，險些與瀧奈相撞。

「怎麼了？……啊。」

這個地區平時幽靜到難以相信距離錦糸町車站不遠，現在卻彷彿祭典般到處都是人——都是喪屍，而且似乎全都看向瀧奈兩人。

停電的黑暗城鎮裡，只有泛白的眼珠看起來好似在發亮，讓人發自本能不由得想顫抖。

「嗚呀～這下該怎麼辦……？」

「只能開出一條路了，請讓開！」

瀧奈站到千束面前，將雙臂朝正面伸直般舉槍，雙腳前後微張。和平常的韋佛式與等腰三角式都有點不同，而是俗稱改良型等腰三角式，或是競技射擊的架式。

若要快速瞄準左右散開的複數目標，並且預防突發狀況，這個姿勢比較靈活。

雙腳有如紮根地面一般固定，上半身也幾乎不動，藉著轉動腰部讓自己有如砲塔（Turret）左右移動槍口。

發出呻吟的大批喪屍一同逼近。

瀧奈不停開槍。彷彿身在射擊訓練場一般從距離最近的對手依序接連擊倒。

雖然剛剛才叫千束不要丟棄彈匣，但是現在沒時間撿了。瀧奈任憑空彈匣落在腳邊，換裝新彈匣便再度伸直手臂擺出射擊姿勢，連續開槍。

瀧奈因此理解，這比想像中……還要輕鬆。因為喪屍體格沒有極端差異——換言之，喪屍的頭部基本上是橫向排開，而且不會左右搖擺，同時筆直朝著自己逼近，自然方便瞄準。

只要有子彈，要撐多久都沒問題。瀧奈先是如此心想，下一個瞬間便暗道不妙。

覺得沒必要躲躲藏藏所以沒裝消音器，但是如此連續開槍，耳朵痛就算了，槍口焰這點無法忽視。瞳孔已經開始適應槍口焰的亮度。近距離還好，但已經無法看清遠一點的暗處。

「千束！附近有沒有車子？」

為了不被槍聲蓋過，瀧奈大聲發問。

「呃……啊，那邊，織元先生的店門口有送貨用的HIACE（廂型車）！」

瀧奈覺得運氣真好。織元二手店的HIACE應該是相當舊款的。如果是有電子鎖的車，在沒有胡桃等人支援的狀況，必須花上不少工夫。但如果是鑰匙發動的舊式車種，用手邊的工具不用幾分鐘便能發動引擎。

「我來開路！」

將姿勢切換為韋佛式，槍口轉向織元二手店。

無數的喪屍擋住去路。太多了。瀧奈不禁想砸嘴──

此時，有如爆炸的槍聲響起。喪屍們一起飛散倒地。

千束在瀧奈的身旁舉著散彈槍。

「走吧，拍檔。」

3

HIACE的引擎發動了。

剛鑽進駕駛座的瀧奈把工具扔向儀表板，接著連忙坐好並繫上安全帶，握住方向盤。

「千束，要出發了！」

好喔！聲音來自頭頂，聽到在HIACE車頂不停開槍打倒喪屍的千束如此回答，散彈槍立刻從敞開的天窗落入車裡。緊接著千束也滑進車內——但是沒能成功。

「咕啊！胸部！好痛——！」

雖然以跳進洞裡的動作跳下來，但是天窗本來就不大，千束豐滿的胸部似乎卡住了。因為傳來「砰！」的衝擊，恐怕等於是以下胸承受自己的全部體重。

雙腳不停擺動，身體這才滑入車裡，看起來似乎很痛的千束倒在後座按著胸部下方，不停掙扎。

「可以開車了嗎！」

「隨便妳！」

打開車燈，切換成遠光燈。擋風玻璃前方是一整群喪屍。

這種景象已經習慣了。

瀧奈在放下手剎車的同時，使勁踩下油門。在咚咚兩下衝擊後，雖然感受到彷彿輾過生物那種不舒服的晃動，HIACE還是順利上路。

憑著速度與質量撞飛、輾過、突破擋路的傢伙。

千束並非因為震動，而是因為痛楚的後遺症而搖搖晃晃爬進副駕駛座，隨即繫上安全帶……隨後又用雙手抱著胸部下方，痛苦呻吟。

瀧奈瞄了一眼，發現她熱淚盈眶。大概真的很痛吧。

「還以為要掉了……我記得以前滑得很順的……」

「是是是，妳長大了呢……要上高速公路了。接下來喪屍也會比較少吧。」

瀧奈驅車駛向錦糸町附近的交流道。阻止通行的柵欄雖然已經放下，但是瀧奈不予理會，直接衝過去撞斷柵欄。

駛上高速公路之後，一切如同預料。雖然不時能夠看見車子停在路上，不過幾乎沒有見到喪屍。

這果然是正確選擇。更重要的是視野良好。

「比想像中還安靜呢。一般來說這種情境，應該到處都會發生火災……不過卻是一片黑啊～」

「應該是因為大家幾乎同時變成喪屍……所以才會變成這樣吧。只要停電了，也不容易發生火災吧。」

瀧奈一邊說一邊想到發電廠的狀況，但是如果連這些事都要操心，只會搞得自己不知所措。瀧奈將之歸類為超過自身能力的問題，暫且置之不理。

行駛了一段時間，大概是胸部的痛楚消退了吧，千束的表情恢復從容。

「……哼〜真不錯。」

「什麼不錯？」

「在沒有其他人的世界，和搭檔兩人沿著漆黑的道路一直開下去……不是很棒嗎？」

「先是喪屍電影，再來是公路電影嗎？我記得千束都喜歡吧。」

「就這樣兩個人一起逃向天涯海角……不過好像有困難啊。」

「物資和燃料沒過多久就會耗盡……怎麼這麼突然？」

「哎呀，感覺只有我和瀧奈兩個人也挺不錯的。」

無法洞悉千束的真正用意，瀧奈沉默半晌。

「……這句話是什麼意思？」

「就是話中的意思。」

「一般來說比起兩個人，集團、組織更能發揮效用……我是這麼認為的。」

「這種理由嘛，我也不是不懂……瀧奈是怎麼想的？和我一起。」

「和千束……嗎？」

「沒錯，一直只有我們兩個。」

瀧奈一面朝著西方駛去，一面稍微想了一下。

在喪屍橫行的日本，只有兩個人——

如果有那個打算，即使只有兩個人也能解決特定區域的喪屍，確保安全地帶才是。食物就從附近的商店或民宅取得保存食品等，應該能夠撐上好一陣子。至於水的問題，日本也有不少地方有湧泉，水井也不稀奇……

然而無論哪個方面，總有一天都會抵達極限。屆時只有兩個人的話，狀況恐怕會變得相當嚴峻。沒有專門知識與設備，而且不管要做什麼，總是會想要更多人手。

而且自己和千束擁有一般民眾沒有的特殊技能。如果不能加以活用，對日本來說也算是損失……

不對，不是這樣。瀧奈想到這裡終於明白了。

千束剛才提的並非這類實務層面的生存計畫。

況且她根本就不在乎這些事。就算不是最佳選項，只要開心好玩就會決定去做——千束總是把自己的感覺與心情擺在第一。她想必不會去思考什麼日本的將來吧。

所以她剛才問的……恐怕真的就是字面上的意思。詢問瀧奈對於和自己兩個人一直過下去有什麼想法。

瀧奈回憶過去種種，又想像未來。

自從被逐出DA後，發生了許多事。若沒有爆發喪屍危機，大概還有更多可能性吧。

不是為了日本，而是為了個人從事Lycoris的工作，同時也擔任咖啡廳的店員……原本應該會一直待在千束身旁。

對於這樣的人生，不久前的自己肯定會覺得「沒什麼大不了」吧。

但是現在……

「……好吧，我不討厭就是了。」

隔了自己也覺得太久的空檔，瀧奈有如自言自語一般說道。

千束提問之後已經過了數分鐘，搞不好超過十分鐘。這下已經不構成回答。

所以肯定只是單純的自言自語。

這樣就夠了。

瀧奈不覺得非要傳達自己的心意。

只是因為對方問了，她才思索答案。

「……那就一起走吧？」

千束的聲音。

看過去才發現她正看著副駕駛座的車窗。但是緩緩移動視線投向瀧奈。

視線交錯——

眼前是羞澀的微笑。

「找個遙遠的地方，就我們兩個。」

千束一直在等她。
這段就對話而言未免太過漫長的空白時間。
千束一直在等待瀧奈的回答。
「……啊。」
莫名其妙的聲音流瀉而出，瀧奈自然握緊操控方向盤的手。
這個動作讓瀧奈意識到自己握著什麼，想起正搭乘什麼，正要做些什麼。
現在正在開車，而且時速接近一百公里。怎麼可以分心——
瀧奈搬出好幾個藉口將視線從千束身上拉開，直視前方。
實際上如果不這麼做，肯定會有危險……瀧奈是這麼覺得。
然而如果現在不是在開車，還能從千束的眼眸拉回視線嗎？不曉得。無法斷言的這個心情究竟為何，無法理解。
瀧奈的腹部稍微用了點力。力氣也許傳到了腳邊，車速稍微提升。
「……不行。我們要去ＤＡ。」
「咦～為什麼啦～」
千束發出有如小孩鬧脾氣的聲音。
「為了活下去。我不喜歡只能日漸衰弱的生活。」
「哎……嗯～這樣啊～好吧，嗯……真沒辦法。但我就是不喜歡啊～」

「妳說DA嗎?因為那是妳自己捨棄的地方嗎……?」

「啊,不對不對。完全不是這種意思……哎呀,妳想想看,這種末日題材的喪屍劇情,最後都會變成人類對抗人類吧?坦白說,我覺得那樣實在很無聊。前面明明是與怪物對峙的興奮劇情,到了後半段,仇恨、陰謀,還有戀愛之類的老梗就突然跑來搶戲。我可是來看喪屍的,給我喪屍啊!去跟怪物戰鬥啊!我是這麼覺得的。」

短暫的沉默。

這時瀧奈突然理解了,千束剛才的問題**真正的意思**到底是什麼。

千束話中的意思,可能單純只是「人多的地方就會起內鬨,我覺得只有兩個人比較好,妳覺得呢?」這樣吧。

如果真是這樣,自己剛才完全想歪了……

瀧奈的背冒出冷汗,一股強烈的害臊直上心頭。

臉好像要變紅了。不,也許已經紅了。

不過現在是夜裡,而且還在車上……不至於會被發現。

自己怎麼會冒出那種念頭?後悔與反省與害羞頓時湧現……讓瀧奈不由得咬緊牙根。

「妳怎麼了,瀧奈?」

「……沒有……沒什麼。」

「妳怪怪的喔,瀧奈。怎麼了嗎?」

千束的身體靠了過來。那股氣息突然接近，還能微微感覺到她的氣味。平常從不當一回事，現在卻叫瀧奈異常心慌。

「等、等一下，千束！」

千束的手觸摸瀧奈的臉頰。

無法想像能輕易駕馭點四五手槍的柔軟又溫暖的指尖觸及臉頰，沿著下巴的曲線滑向耳朵——瀧奈頓時扭動身子，硬是想與千束拉開距離。

「請、請住手！」

「咦？瀧奈，好像很燙耶！妳是不是發燒了……？」

一臉擔心的千束也不禁慌張起來，打算靠得更近。

「沒有！完全不是那回事——咦？」

感覺擋風玻璃突然變亮了。對向來車——不對，並非如此。

遠光模式的HIACE車燈照在橫躺於前方的汽車車身上，光線因此反射回來，照亮了瀧奈與千束。

簡單來說，瀧奈與千束以時速一百公里的狀態，出了一場嚴重車禍。

4

「好啦好啦，不要這麼沮喪嘛。沒發燒是好事。」

千束說得輕鬆，但是瀧奈受的打擊非同小可，恐怕好一段時間無法振作。

雖是因為一時驚慌，但是駕車不專心加上操作失誤。就專業人士而言實在無法辯解。

沒想到自己居然會犯下這種差錯……

如今的瀧奈坐在橫躺的HIACE車身上面，伸手抱著自己的雙腿，把臉靠著膝蓋忍受這個屈辱。

「好啦，我們都沒受什麼傷，算是不幸中的大幸！哎呀～安全帶和安全氣囊果然是偉大的發明～」

確實受了傷。雖然僅限瀧奈的心靈。

千束從橫躺的車身裡拉出波士頓包，揹起來之後爬上車身。這是為了防範喪屍襲擊。光是位在較高的位置，就能確實抵擋喪屍的第一波攻勢，就算對方在不知不覺間逼近，試圖爬上車身時一定會發出聲響與搖晃，這麼一來應該會注意。

千束從波士頓包裡拿出攜帶式瓦斯爐與寶特瓶裝的水，以及銀色小壺。

「總而言之，好了，先休息一下吧。」

確實粉碎了。雖然僅限瀧奈的自尊與車。

「……是濃縮咖啡啊。」

「嗯。畢竟要減少行李，我覺得帶滴濾壺不太好～別擔心，我有帶磨得很極細的咖啡粉。其實本來想把咖啡豆和磨豆器一起帶來就是了。」

那是為了製作直火式濃縮咖啡的銀色長形壺具，俗稱摩卡壺。

千束拆開摩卡壺，在下壺（Boiler）加水，在正中央有洞的咖啡盛器（Basket）裝滿咖啡粉並壓實，放到瓦斯爐上加熱後，熱水就會因為蒸氣壓而上升，不同於一般的滴濾壺，加壓萃取的咖啡最後流到上壺（Server）……這就是基本原理。

一般咖啡廳的濃縮咖啡是以大型機器加壓，迅速完成濃厚的咖啡。

不過直火式濃縮咖啡則如其名，是以爐火加熱，花費時間慢慢萃取。LycoReco咖啡廳的濃縮咖啡正是以這種方式製成。

沒有哪種一定比較好，但是瀧奈格外中意這種直火式。

瓦斯爐的水開始沸騰，發出叩叩叩的細微聲響。不知是震動還是滾水氣泡迸裂聲。壺中的世界只能自己想像。

然後到了這個時候，濃郁的咖啡香氣開始飄散，起初傳來有如水分蒸發的咻咻聲。那是濃縮咖啡萃取至變熱的上壺時的聲音。

這麼一來，香氣頓時瀰漫於周遭，堪稱是咖啡的領域，能夠讓身在其中之人放鬆的魔法之力。

隨著咕嚕咕嚕的沸騰聲，壺蓋也喀噠作響。這就表示已經完成了。

千束隔著手帕握住摩卡壺的把手，注入兩個馬克杯中。每個杯子分到的濃縮咖啡並不多。大概只是小的罐裝咖啡的一半。不過這樣已經足以稱得上是一人份了。

最後千束將幾顆方糖分別放進兩人的杯子裡。

瀧奈這才注意到，千束帶來的摩卡壺是兩杯份。換言之就是給兩個人用的。雖然店裡一到四杯的摩卡壺一應俱全……

莫非那個疑問真的如同瀧奈的想像——

「來，瀧奈。」

怎麼可能。瀧奈有如自嘲般在心裡唸唸有詞，從千束手中接過馬克杯。

冒著熱氣的杯子。兩人彷彿拿著酒杯一樣用馬克杯碰杯，然後送到嘴邊。

濃厚的滋味。苦味。蓋過這些的砂糖甜味。以及濃郁的咖啡香氣就這麼穿過口腔、喉嚨，以及鼻腔。

分量不多。不過這樣就夠了。如此濃厚的滋味不適合大口飲用。

有如品嚐威士忌一般，小口啜飲是最好的。

可以感覺到少許的液體確實傳遍五臟六腑。

「想要牛奶？」
「不了，我覺得這樣最好。」
不希望多餘的東西干擾這股香氣。
特別是現在──瀧奈如此心想。
一點一滴慢慢喝。
自然而然呼出一口氣。緊張與不快的心情隨之消散。
「嗯……啊哈哈，果然還是比不上老師。到底差在哪裡呢──」
千束露出苦笑。
直火式濃縮咖啡必須手動。原因大概就在於此。瀧奈認為儘管使用同樣的咖啡粉，沖泡者的技術差異仍會明顯反應在味道上。
不管怎麼模仿，總是有些差異。
將咖啡粉裝進咖啡盛器的量，將粉壓緊時的力道拿捏，控制火候……
細微的差異使得味道產生個性。
瀧奈又喝了一口，微微笑了。
「不過，千束的咖啡我也喜歡。很好喝。」
千束愣了一下，欣喜的微笑在嘴角緩緩漾開。
「真的嗎？好開心……好啊！這樣就能撐到白天了！」

「現在喝了，大概會好一陣子睡不著喔。」

濃縮咖啡的分量較少，咖啡豆經過深焙之後咖啡因會流失，因此儘管給人濃厚的印象，其實咖啡因含量不多——這種說法並非事實。

雖然這是在日本廣為流傳的民間說法，然而源頭似乎是網路文章。雖然不知是否別有用意，又或者單純搞錯了，抑或是寫法的問題使讀者產生誤會，因為這個意外性使得同一個網站接連遭到抄襲，為了廣告收入而隨便寫成文章，就這麼無止境地擴散，因此廣為流傳。

即便出自普通咖啡廳使用濃縮咖啡機的濃縮咖啡，一小杯裡面就含有相當於一杯滴濾式咖啡的咖啡因。

至於直火式的咖啡因恐怕遠比機器萃取更多……LycoReco的成員們都曾親身體驗。推測原因單純出自使用較多的咖啡粉，以及水與粉的接觸期間較長，不過詳細的原因依然不明。

畢竟特別提起咖啡因含量的人，是漫畫家伊藤與作家米岡。根據兩人的說法，若在逼近截稿日時飲用，「直火式格外有效」。甚至遠比提神飲料或能量飲料更有效。

瀧奈等人在夜晚工作時，出門前都會喝一杯加入大量砂糖的濃縮咖啡。糖分能夠維持體力，也不曾在天亮前感到睡意。

所以如果在深夜時分，而且是大概已經接近黎明的這個時候飲用……瀧奈也不曉得要到何時才會睡得著。

不過那種事無所謂。

畢竟當下這個狀況，沒那麼簡單就能抵達安心的地方。

「瀧奈也一起吧，來，吃吃看。」

千束從波士頓包裡取出巧克力零食。餅乾上面有巧克力。正是Alfort。

放進口中就能感覺到美妙的酥脆口感。漸漸融化的巧克力也不錯。

雖然口味典雅，但是感覺比起加滿砂糖的濃縮咖啡，大概更適合普通咖啡……不過這種「甜」與「甜」的組合，在這個當下也不錯。療癒了漸漸疲憊的身體。

「這個很好吃呢。」

「對吧——！我最喜歡這個了♡」

千束雖然各方面都大而化之，唯獨這個選擇——或許該說是味覺的品味值得信賴。

這才發現車禍的打擊已經消失無蹤，理所當然般來到品嚐零食與閒聊的時間。

電影、槍、店裡的工作……不知為何還提到土井。

這時千束拋來莫名其妙的疑問。

「總之今後遇到危機時，我想要扯斷袖子，改成無袖。」

「為了方便活動？」

「嗚喵，就是要無袖才能使得上力。」

「……到底在說什麼？」

「奇怪？瀧奈不知道嗎？糟糕～原來瀧奈沒修過那堂課～！難怪……啊，原來如此～」

「到底是什麼意思？修什麼課……」

「有部海外的喪屍連續劇，裡面有個一定要無袖才能大展身手的角色。是個很帥氣的人喔。諾曼．李杜斯演的。」

「喔，那個電影《神鬼尖兵》也有出場的演員吧。」

「對！就是他！真虧妳記得！很棒喔！」

「因為剛來LycoReco時，千束突然塞給我的一大堆電影裡面就有這部。」

「我當時想說希望能和瀧奈成為那樣最棒的搭檔～才會特地挑給妳的。我特別中意那部電影喔。帥氣又有趣，超讚的！當然了，因為我是大姊姊，諾曼．李杜斯這個角色就讓給瀧奈吧。」

「我沒有特別想要……」

「不過我在那部作品裡，最喜歡的是ＦＢＩ的史麥克探員就是了♡」

妳開心就好。瀧奈雖然傻眼，還是笑著喝完杯中的濃縮咖啡。尚未溶解而殘留的砂糖顆粒嚐起來有趣又甜蜜，感覺無比美味。

這時瀧奈突然想到。

這樣的時間真不錯。

就算在滿是喪屍的世界，就算撞翻了車子，就算置身於未來一片茫然的處境……卻不可思議地這麼覺得。

是因為美味的濃縮咖啡嗎？

或者……？

「嗯？」

千束注意到瀧奈的視線，把臉轉過來。

露出疑惑的表情，稍微偏頭。

不知為何，現在的她看起來非常美，剛才在車上的對話重回瀧奈腦中。

——找個遙遠的地方，就我們兩個。

如果她現在說出同樣的話，無論用意如何，瀧奈覺得自己當下的心情應該會點頭吧。

這一定是場夢。

既然這樣，不管要做什麼都可以吧？

無論風險還是壞處，或是日後的事……全都不重要。

一切都將消失的虛幻世界。

就連當下的自己也許也會消失。

既然這樣，依照內心想法去做就好。

沒錯，就像千束那樣。

是場夢。

沒錯，只是一場夢。

既然是場夢……應該可以愛怎麼樣就怎麼樣。

在此同時，腦中一角那個冷靜的自己說道：不可以這樣魯莽行事。

不可以把夢當成藉口，就算真的是場夢，也應該貫徹自己的「風格」吧？

沒錯，就像千束那樣。

雖然明知那樣比較吃虧，依然貫徹自我風格的人生態度——瀧奈並不討厭。

抉擇並不容易。兩邊似乎都正確，同時也有無法接受的地方。

天秤左右搖擺。迷惘。心神不寧。

心中某處希望有人能推自己一把。不過那是將判斷權力交給他人的「逃避」吧？

不，可是……在只有兩個人的當下，希望有人推自己一把，那個人自然就是千束……如果她願意的話，自己也一定……所以說，這代表……其實自己也同樣希冀「那樣」嗎……？

瀧奈感覺胸口的鼓動愈來愈急促。

「怎麼了，瀧奈？」

千束的臉龐看起來比剛才更清晰。大概是黎明已近了吧，四周也慢慢變亮。

「……沒什麼。話說回來，馬上就要天亮了。等到變亮之後就開始行動吧。不管是要去哪裡……」

瀧奈望向位於東邊那座被破壞的舊電波塔——不禁愕然。

黎明的天空。浮現出舊電波塔的身影……以及巨大生物的輪廓。

「啊，有怪獸。」

「啥？」

雖然千束說得理所當然……瀧奈還是不禁懷疑自己的眼睛，險些弄掉手中的馬克杯。

背對朝陽的身影非常巨大。身高想必有數百公尺。不過從輪廓就能猜到，那是用兩隻腳走路的松鼠。

——啊呀啊啊啊啊啊啊啊啊～～～

松鼠咆哮。雖然不認為松鼠會咆哮，總之牠確實咆哮了。雖然空氣劇烈震動……但是聲音莫名可愛。應該說完全就是胡桃的聲音。

那個身影一面大肆破壞城鎮，一面朝舊電波塔靠近，使勁渾身解數揮拳毆打。和平的象徵有若塑膠模型輕易崩塌。

唯獨轟然巨響與大地傳來的晃動萬分逼真，魄力十足。

「啊～……喪屍之後是怪獸電影啊。居然來這招啊～」

「……感覺瞬間失去了現實感，那個……該怎麼說。有什麼打算？」

「問我有什麼打算……該怎麼辦呢？用我們的槍大概也打不倒吧。」

就在兩人不知所措時，喀啦喀啦喀啦喀啦的異樣聲音與震動傳來。望了過去，戰車沿著高速公路奔馳而來。

瀧奈心想，不管發生什麼事都不會驚訝了。

戰車停在千束等人面前。艙門接著開啟，從車內現身的人——是米卡。

「啊！老師！還以為你不會登場了呢～！」

「王牌總是比較晚登場……怎麼樣，千束，瀧奈？要不要一起去打倒怪獸啊？」

「那當然！我要去我要去！我最喜歡這種劇情了！」

千束飛快將攜帶瓦斯爐與馬克杯扔進波士頓包，俐落地將兩個包包丟到戰車上，接著自己也跳上戰車。

「快點，瀧奈也一起來吧！」

如此說道的千束在戰車上朝著瀧奈伸手。

才剛逃離滿是喪屍的市區，接下來又要擊退巨大怪獸……沒有比這更忙的狀況了。

接下來大概沒有時間休息吧。幸好剛才喝了濃縮咖啡。

「我知道了……我知道了啦。我奉陪就是了，千束。」

千束笑了。瀧奈也露出無奈的笑容。隨後縱身一跳。

瀧奈抓住千束的手，千束使勁一拉，把瀧奈拉進懷裡。

「好，要出發了。自己抓緊。」

米卡再度回到戰車裡，關起艙門。

「好！日本的和平就靠我們了！出發——！」

在駛向巨大怪獸與舊電波塔的戰車上，被千束摟在懷裡的瀧奈心想。

啊啊，這也太亂七八糟了吧。

這樣忙亂的每一天成為日常後，已經過了好幾個月。

感覺其實還不賴。

這種想法究竟是從何時萌芽的呢——

5

「要上了～……瀧奈～……」

聽見懶散至極的聲音在耳邊響起，瀧奈頓時恢復意識。

全身感到十分緊張，為了想起當下的自己置身何處，正在做什麼，於是環視四周。

在車裡。不是HIACE。而是眼熟的車……瑞希正駕駛她的車子，自己則坐在後座。

望向窗外，發現車子行駛在高速公路上。方向正朝著舊電波塔。從舊電波塔與太陽的位置推測，時間大概還是上午。

「哎呀，妳醒了？」

瑞希透過後照鏡看向瀧奈。

「移交給DA的手續花了點時間，結果還是通宵了。沒關係，妳繼續睡吧。」

「……不了……」

像是水在布上暈開，她漸漸回想起自己的現況。

對了，自己是為了查明違法毒品的走私管道……追逐目標……現在正在回程的路上。

「反正回到店裡還要被逼著工作吧？像千束那樣多休息吧。」

千束……瀧奈想起這個名字，這才察覺倚著自己身體的重量。

坐在旁邊的千束靠著瀧奈，露出傻呼呼的表情睡得正熟。

「……開火～……開火～……」

瀧奈把千束的身體推向車門之後鬆手……但是一放手千束的身體就再度倒過來。瀧奈不禁想要咂嘴。不行，真拿她沒辦法。

「一臉蠢樣。大概正在作愉快的夢吧。」

「……應該吧。」

「妳剛才也是一副正在作夢的表情喔。」

「……是嗎？」

「偶爾還會夢囈。」

「……請忘了這件事。」

原來如此，果然全部都是夢。不出所料。
呼～瀧奈輕輕吐氣，在感到疲憊的同時，將體重託付給椅背。
「妳的表情看起來很累喔？」
「因為剛才的夢。」
「是惡夢啊～？」
聽到瑞希這句話，瀧奈稍微思考一下後才回答。
其實也不算。
「開火～……瀧奈～開火～……世界的和平……要靠我們兩個……」
千束的夢囈與呼吸讓她覺得耳朵好癢。

Introduction 5

德田占據LycoReco的吧檯，打開筆記型電腦。

他正在工作。雖然不太想將工作帶到LycoReco處理，但是實在沒辦法。

截稿日就快要到了。咖啡廳特輯的取材工作已經大致結束，但是整理成原稿的進度幾乎為零。

至於他認為「是間好店」的咖啡廳，也為了介紹而向店家表明身分，總不能當著對方的面寫評論。

結果就是他需要一間咖啡廳，可以容忍自己長時間占著位子工作，而且待起來舒服，長期抗戰不可或缺的廁所也能隨意使用，將筆記型電腦暫放在座位上也能安心離席……滿足上述條件的，只能想到LycoReco。

如果離開這裡，類似的店家當然多得是，不過取材還是可能有所缺漏，或是在最後的最後察覺某些事。更重要的是因為這裡當地居民很多，能期待當地人的「獨家」消息……

德田就這樣找了許多理由，選擇在LycoReco打開筆記型電腦。實際上單純只是想在能提振幹勁的場所工作。

不過今天的LycoReco並不需要客氣。

位於吧檯的角落，作家米岡同樣打開筆記型電腦，一動也不動的他表情如喪考妣。至於榻榻米座位，漫畫家伊藤臉上掛著明顯的黑眼圈，彷彿眼睛下方塗了厚重眼影。她將平板電腦帶進店裡，自稱正在與單行本書衣的彩色插圖格鬥。

和那兩個人相比，德田覺得自己的狀況還算好。雖然截稿時間是昨晚，但還在能夠應對的範圍裡。況且原稿分量不多，只要做出取捨就能馬上結束。問題就在於想寫的東西太多，不知該如何捨棄。

只要下定決心，瞬間就能完成……他如此深信，而且要是不這麼想，肯定撐不下去。

「人類真是悲哀的生物啊。明明是出於嚮往而選擇的職業……竟然不追尋痛苦就無法餬口啊。」

剛才大概是在打電動或者用電腦，胡桃轉動肩膀，扭動脖子發出喀啦聲響。現身店裡的她一邊開口，一邊探頭看向米岡與伊藤的螢幕。

「還是一片空白嘛。」

兩人如同沉沒的船艦一般低下頭。

最後來到德田身旁。

「德田也完全沒進度啊。」

「我的是那個，只是整理取材內容而已……只要打起勁來，大概只要一小時……」

「德田，你什麼時候來的？」

「……三個小時前……」

「你何時要打起勁？」

德田也沉沒了。世上就屬實話最傷人。

「胡桃，別說了。來，這個端過去。」

「我是休息時間耶。好不容易……」

「胡桃，拜託了。」

「……唔，真沒辦法。」

廚房傳來米卡的聲音。胡桃走過去拿著托盤回來。

托盤上面有四個濃縮咖啡的小杯子，還有一個冰淇淋。胡桃將它們送到德田、米岡、伊藤面前。

創作者們隨便將幾顆桌上的方糖扔進杯中，以乾杯的氣勢看向同志們，接著便朝空中舉杯。隨即一仰而盡。

簡直是邪門歪道的喝法。

口感不是咖啡，而是更加濃稠的液體，這個液體撫過舌頭流入喉嚨，苦味倏地湧現。但是沒有完全溶解的砂糖顆粒留在口中漸漸散發甜味，讓餘韻變得有如甜點。

這樣就對了。充分攝取咖啡因與糖分。工作也將一帆風順……理應如此。

「受不了，真懷疑你們是否正常。」

米卡出了廚房，眉毛變成八字形，面露苦笑。用心萃取的濃縮咖啡被他們這樣一口乾了，大概也有些不滿吧。但是德田心想：拜託這回就高抬貴手吧。

「嗯？剩下的濃縮咖啡和冰淇淋是誰的？」

「……啊，是我的！不好意思！」

原來是正好去上廁所的佳奈。

聽說是在德田逐漸成為常客的那段時間，這名女國中生也成了店裡的常客。笑容開朗的她，是身上水手服愈來愈少見的少女。

加奈連忙坐到伊藤隔壁的桌子，胡桃將裝有香草冰淇淋的盤子與濃縮咖啡擺在桌上。

方才德田等人點了濃縮咖啡時，加奈表示從來沒喝過，因此大人們決定請她喝一回。

不過佳奈不太喜歡苦味，於是米卡招待她香草冰淇淋。

「這個……要怎麼吃……」

伊藤一邊動筆一邊嘻嘻笑道：

「把濃縮咖啡淋在冰淇淋上。很好吃喔。」

加奈按照伊藤的說法，準備將濃縮咖啡倒向冰淇淋……但卻停下動作。要將熱飲倒在冰涼的冰淇淋上，她表示有種罪惡感。

大人們與胡桃都因為那青澀的反應而面露笑容。

「別擔心。就是這麼吃的。」

米卡發出令人鎮定的成熟嗓音。

加奈稍微點個頭，緊張兮兮地將黝黑的濃縮咖啡淋在白色香草冰淇淋上。原是固體的白色物體與黑色液體混合，表面逐漸融化……

這道甜點名為阿法奇朵。

雖然簡單，但在擅長這道甜點的咖啡廳堪稱絕品。

冷熱交融的美味。冰淇淋最美味的時刻就是即將融化的瞬間，這就是刻意營造那個瞬間的手法。

將濃縮咖啡的濃厚苦味包覆在冰淇淋的沁涼、甜美、柔順口感之中，其他甜點難以體驗這般滋味。

特別是這間咖啡廳使用的咖啡豆與用於百匯的冰淇淋都相當棒。既然如此，阿法奇朵想必也——

「我、我開動了。」

在眾人的守候下，加奈初次品嚐阿法奇朵。

以湯匙挖起一杓冰淇淋與濃縮咖啡。兩者在湯匙上逐漸混合。然後送入口中。

一開始似乎先感受到苦味，只見她眉頭深鎖，板著一張臉。但是那個表情很快就放鬆，變得十分陶醉。

感想肯定不須多問了。

「你們也該像她一樣仔細品味。」

先等我把稿子交出去。伊藤一面嘆息一面回答，米岡與德田也表示同意。

「哎，話說回來，我覺得我也上了年紀了。」

米岡如此說道。

「這陣子突然發現光是看到年輕人吃得津津有味的樣子，自己也會開心起來。」

伊藤與德田也馬上附和：「我懂。」

「既然這樣，不管什麼時候，不管要請什麼都可以喔。」

加奈維持融化般的笑容如此說道。大家不禁笑了。

「喔～很敢說嘛。要有心理準備喔。」

「伊藤老師，我很期待喔♪」

「不過加奈妹妹真敢說啊。還是國中生就這麼懂得討大人歡心，長大之後……真是後生可畏啊。」

雖然米岡的發言近乎性騷擾，不過加奈只是笑臉盈盈，因此沒有人多嘴。

這時伊藤隨口說道：

「這麼說來，看加奈妹妹的制服，應該是木內川原國中吧？」

這句話使得加奈抖了一下，睜大眼睛。那副模樣讓德田察覺她散發的氛圍頓時改變，但是視線一直盯著平板電腦的伊藤似乎沒發現，繼續說下去。

「因為我以前住在那間學校附近……不過那裡離這邊滿遠的吧？又不在東京都裡，過來錦糸町還得換車吧？加奈妹妹還滿常來LycoReco的，是來這邊上才藝班嗎？」

「…………啊……嗯。那個……要上才藝班，所以……嗯。」

「加奈妹妹這麼可愛，該不會有打算站上舞台吧？跳舞或歌唱訓練之類的，要不然就是……出乎意料是聲優學校之類的？」

「是、是啊。大概就是那種……那個……」

「咦～是什麼啊？學習什麼呢？告訴我嘛。說不定以後能當成漫畫題材。」

說到這裡，伊藤終於從平板電腦抬起頭來，見到臉色鐵青的加奈之後，似乎才終於理解現況。

加奈低著頭，瀏海蓋住眼睛，表情變得更加陰沉。

「我回來了——！」

店門隨著門鈴聲開啟，手持購物袋的千束走了進來。

「採買完成！啊，面臨截稿日的各位～進度如何啊～？」

招牌店員們的登場，頓時吹散剛才的異樣氣氛。

得救了。心中如此暗忖的人，想必不是只有德田。

「怎麼樣啊，德先生？還順利嗎？」

「……哎，不太順利啊。各方面都是。」

德田看向加奈。

她拿著湯匙的手已經完全停住，香草冰淇淋在杯中緩緩溶化。

第五話 「請問要點什麼？」

今天的LycoReco也平安打烊，雖然招牌已經收起來，還是有客人留在店裡。換作是平常，這種時候總是會召開桌遊大會……但是今天並非如此。

單純是米岡、伊藤、德田的工作尚未結束，進入延長賽。

話雖如此，時間來到二十一點時，眾人也已經準備收工。

伊藤已經完成線稿，上色則是以時間與體力問題為由，全部交給美術設計解決，這樣就算完工。德田的原稿似乎也順利整理完成，已經送到編輯部與美術設計那裡。米岡則是認為「合理判斷今天不管再怎麼努力也趕不上」，於是打從剛才就愉快地隨便找人閒聊。

見到他的模樣，伊藤心想自己絕對不能變得跟他一樣。

「要開始嘍～嘿呀～～！」

「唔，千束……！咕！」

趴在榻榻米座位的伊藤發出呻吟。千束坐在她的背上，用手抓著她的下巴往上抬——也就是摔角招式裡的駱駝式固定。

然而千束放慢動作緩緩施力。對於一整天低頭工作而駝背的伊藤而言，這招出乎意料有效。關節和肌肉發出細微的啪嘰聲響。

「好——到此為止——」

千束是個好孩子。畫原稿時願意當模特兒，見到自己畫的草稿會給予率直的意見，同時一定會給予讚美。面對截稿危機時不用特別拜託她，也會為自己聲援、打氣，而且有時候還願意幫忙……在一切結束之時，還會像這樣幫忙舒展筋骨。

如果自己有兒子，肯定會用盡手段讓他和千束結婚吧。

「千束妹妹～接下來也幫我拉一下筋～」

米岡一邊品嚐大杯百匯，一邊說出這種類似性騷擾的發言。當然無人理會。米岡自己大概也沒有期待吧。

「不行——本店的按摩服務只提供給完成工作的人。」

千束隨口回應便走向德田。走到像是為了安撫發疼的胃而飲用熱牛奶的德田身後，開始幫他按摩肩膀。

德田面露為難的羞赧笑容。記得他說過自己今年二十八歲，不過看來還很純情。不，也許單純只是對年輕女生特別害羞而已。換成年紀差不多的對象大概還能表示開心，若是小孩子單純只是溫馨，但是二十八歲的單身男子與女高中生，這個年齡差距可說是雖然讓人不禁想多說兩句，但在現實當中也不是不可能的絕妙界線。大概就是因為這樣吧。

「……順便問一下，德先生，上次說的**那個**呢？」

「啊～嗯，我已經**加進去**了。」

「真的嗎！最喜歡德先生了！謝謝你～！多給你一點服務～！」

「啊，可是最後還是要由客戶決定，我沒辦法保證喔。」

……很可疑。

如此心想的伊藤視線瞬間飄向米岡，看來對方也有同樣的想法，兩人視線交會。隨後對著彼此輕輕點頭。

「連德田先生也成為罪犯之一了。我們的交情還真短暫啊。」

伊藤說完之後，米岡不理會慌張的德田，雙手抱胸仰望天花板。

「居然必須報警抓熟人……真是教人難受啊。你認識當刑警的阿部先生吧？要不要先自首啊？」

「那個……為什麼要報警抓我？」

「因為你剛才說了那個啊，一定是槍……或是最近年輕人之間流行的毒品之類吧？」

「這樣啊──原來德田先生就是藥頭啊──居然用這種東西收買我們的千束妹妹……這下無法原諒喔？」

伊藤笑了，米岡也跟著笑了。德田也面露苦笑，不知為何唯獨千束顯得慌張失措。難道她當真了？

「別、別開玩笑啦，那個，這不是適合在開心的咖啡廳提起的話題啦。對吧？」

「哎，也是啦。在開心的和風咖啡廳LycoReco裡，確實不適合詭異的話題……啊，對了，一說到詭異我就想到……」

伊藤提起今天的女國中生常客加奈。當時因為工作太趕，伊藤一時之間沒有注意，但在工作結束的當下，便不由得回想起來。

那孩子似乎有些可疑。

「為什麼？加奈妹妹，看起來完全……那個，該怎麼說，就是普通的女生吧？」

德田的話確實沒錯。那個女孩個性開朗，也很親近人，有時會不著痕跡地加入大人的對話，但是不會刻意發言，大多時候選擇傾聽，話題落在自己身上時也不會不懂裝懂……

如果只是這樣，那還不至於介意。伊藤只會覺得她的個性就是這樣吧。雖然有點太過乖巧懂事，不過在她這個年紀，人自然會掩飾原本的自己，想給別人成熟的印象吧。

所以伊藤介意的並不是那個，而是更加現實的問題。

「她的錢是從哪裡來的？」

LycoReco咖啡廳絕非價格高昂的店家。儘管如此，甜點搭配飲料，最便宜的組合也要一千圓左右。不可能像國中生在放學回家路上買零食一樣時常造訪。

而且木內川原國中不在東京，而是在埼玉。雖然不算太遠，光是往返就得花上數百圓，移動也需要時間。

來回車程一個小時以上，光是過來LycoReco再回去，就得將近兩千圓。

如此說明之後，米岡提出疑點：

「餐飲費暫且不提，如果她是來上才藝班，父母會給交通費吧？」

「如果真是這樣，每個星期過來的日子和時間都太不規律了。有時候我甚至懷疑她有沒有好好上學。」

米岡拍了一下手說道：

「我懂了。家住東京這邊，學校在埼玉。解決！」

「用不著特地去木內川原國中，東京都的學校多得是。那間學校雖然大，但並非多麼好的學校。」

雖然有幾個在意的地方，不過伊藤最在意的還是一開始提到的金錢。

「也許只是家裡有錢吧？有很多零用錢之類的。」

德田提出理所當然的意見，但是伊藤還是加以反駁：

「如果真是這樣，應該會花更多錢在打扮上。畢竟是年輕女生。」

既然來到東京，卻依然穿著鄉下——雖說是埼玉——國中的水手服，鞋子也是白色運動鞋。如果只有這樣就算了，長到快要蓋住眼睛的微翹瀏海。髮色當然是黑色。幾乎沒有化妝。也沒有美甲。應該裝著文具的書包是沒有牌子的背包。就特地跑來東京玩的女孩子來說，私人用品顯得有些土氣。

如果有這麼多錢能花，與其用在喝咖啡，應該有更多優先的東西。至少伊藤是這麼覺得。既然三十多歲的伊藤都這麼想了，現代年輕人更加這麼覺得吧。

「也許是校規比較嚴格之類的。況且她還年輕，本來就可愛所以不需要化妝。現在這樣也已經非常可愛了吧？」

「撇開校規不談，實際上連燙直都不准的學校幾乎不存在。而且可愛就不用化妝，這是老一輩才會有的意見喔。」

年近四十的米岡似乎因為這句話大受打擊，默默低下頭。

這麼一來伊藤也不禁覺得歉疚，同時想到自己再過不久也會步入那個世界而感到恐懼。於是連忙將話題拋向千束。

「千束覺得呢？」

千束露出傷腦筋的笑容，稍微笑了一下之後便繞到米岡身後，幫他按摩肩膀。

於是米岡明顯恢復精神。這下究竟證明他依然年輕，又或者是上了年紀的——好色大叔……究竟是哪一種呢？伊藤開始認真思考。

「好了好了，追究他人隱私就到此為止……怎麼樣，解散前要不要玩一下遊戲？」

看到米卡從店裡現身，千束用力舉手。

「有！千束覺得『中分兩色魂（註：日文原名為《まっぷたツートンソウル》，由本作作者擔任劇本的桌遊）』比較好！」

這是LycoReco最近新買的桌遊。千束比較偏向體驗新遊戲，而非反覆重玩喜歡的遊戲。

特別是這款桌遊屬於不要求動腦計算，而是憑感性決勝負的類型，她也比較擅長。

「千束，妳先稍微休息一下。妳現在應該是休息時間。」

「完全沒問題！反倒是玩一下比較放鬆……話說各位，怎麼樣？來一場吧？就來玩一下嘛～！」

好啊來玩！米岡頭一個響應，其他人雖然都覺得有點不安，但是沒人吐槽。如果編輯這時在場，大概會一腳踢飛他。

「既然要玩就叫上胡桃妹妹一起吧。還有……瀧奈和瑞希小姐……今天好像不在，她們休息嗎？」

面對伊藤的疑問，千束微笑說道：

「她們在處理其他工作。所以這次只有在場這些人，大家一起開心玩吧。」

坐在吧檯的兩名寫手收拾筆記型電腦，米卡似乎是為了讓大家在遊戲過程中能夠解饞，開始準備飲料與零食。

搶先將遊戲盒子拿過來的千束馬上開始檢查道具，同時低聲說道：

「話說伊藤老師是不是說過下次要畫單篇故事？」

「嗯，因為要刊登在季刊雜誌，編輯有跟我提過。怎麼了嗎？」

「那篇作品就選偵探，不……推理題材怎麼樣？」

「我沒畫過這種內容耶。找靈感和想劇情都不容易……怎麼這麼突然？」

「只是覺得伊藤老師或許意外適合。」

到底在說什麼？伊藤偏頭表示疑問。

1

「糟了……糟糕糟糕……」

身穿木內川原國中制服的少女將背包抱在懷裡，低頭走在夜晚的路上。

與出現在LycoReco咖啡廳的她判若兩人。

駝背又低頭，日益變長的下垂瀏海幾乎完全遮住眼睛，醞釀出莫名陰鬱的氛圍。

然而這才是她本來的模樣。

「糟糕……一時大意……糟糕……」

木內川原的制服竟然……不，原本以為只看水手服分不出是哪間學校。更何況她無法穿著便服走在東京街頭，或是造訪LycoReco，因此沒有其他選項。她沒有什麼衣服，其中也幾乎沒有穿到東京也不會丟臉的打扮。即使有，老是穿同一套肯定也會招來注意，因此——

不過，現在還沒問題。伊藤說她只是以前住在那邊……那個人應該不會過來調查。

就算真的來了，也不可能調查她平時的生活。

所以沒事的。

「……一定沒事的……」

還可以再去LycoReco。冷靜一點，像平常一樣對話的話便一點也不奇怪。就和平常一樣，以加奈的身分去見大家。

畢竟……她根本沒做什麼壞事。

真要說的話，只不過是撒了一點小謊。

比方說名字。

雖然自稱加奈，其實真正的名字是堅香子。

嚴肅的姓氏搭配土氣的名字，構成討厭的姓名。父母強加給她，第一個不想要的禮物。

從錦糸町搭上電車，前往自家所在的埼玉。

逃跑似的離開LycoReco之後，在錦糸公園傻傻坐了好一會兒，時間已經來到二十一點。雖然對國中生來說很晚了，不過往返在埼玉到東京的電車上，多少有些同年齡的學生，比方說有不少人就讀東京的私立學校，或是特地去東京的知名補習班。

所以加奈也不是多麼醒目……她自己是這麼認為。

電車的行駛聲中混雜細微的笑聲。看向聲音的源頭，隔著下班之後滿臉疲憊的眾多上班族，可以看見兩名女高中生。

打扮得漂亮時髦，**好像很厲害**。不但身材好，化妝也很用心，手裡拿著加奈也認得的名牌包。和自己是不同世界的人。

兩人滿臉笑容。好像一點也不在乎周遭的上班族，看起來是那麼開心。

她們似乎注意到加奈的視線，瞄了這邊一眼。接著又看向搭檔，相視而笑。

加奈抱著背包的手不禁用了點力。感覺被嘲笑了。感覺被瞧不起了。不，實際上大概真的是這樣吧。沒有證據，但是如此相信。

因此加奈一如往常，冒出不愉快的心情。

不過沒事的。現在的自己沒問題。只要有那個打算，大概就沒什麼好怕的。

「……放妳們一馬。」

加奈的低語小到似乎會被電車行駛聲掩蓋。她的手緊緊捏著背包的底部。

電車奔馳。強行拖著加奈駛向她最討厭的世界。

唯獨置身LycoReco的時間……唯獨能夠當加奈的時間，才覺得自己真的活著。

這個世界到處都教人感到窒息。

2

埼玉一隅的大樓，這裡就是加奈的家。

儘管到家時間已經將近二十二點，家人也不會過問。

不會追問加奈究竟去哪裡，做了什麼，加奈也不希望有人多問。

走進自己的房間，加奈豎起充當門鎖的板子，這樣一來便無法從外面進來。

只不過待在房裡時沒問題，但在外出時當然無法上鎖。所以重要的東西只能隨身攜帶。

正在褪下制服時，感覺到房外有動靜。是**那個女人**。

「……鄰居問我妳是不是都很晚回來。所以我說妳去東京上補習班。」

意思是妳就這樣告訴別人。用不著明說，加奈也明白。反倒是沒有因為鄰居的目光而叫她早點回家，已經讓加奈感到慶幸。

「……知道了。」

加奈回應之後，女人便離開了。

類似後母的女人。母親在三年前拋下家庭離開，她來到這個家也是三年前。就這麼住了下來，不知何時開始用起同樣的姓氏，不過戶籍上有沒有修改，加奈也不知道。

理性可以理解她不是壞人。

她只是忽視加奈一般避免干涉，沒有更進一步的舉動。每天在桌上擺一千日圓當成加奈的午餐錢與零用錢。無論就正面還是負面的角度來說，都是把加奈當成毫無瓜葛的外人。

她對加奈的厭惡，大概就如同加奈所感受到的，但她應該已經妥協了。是個大人。

然而加奈終究辦不到。畢竟在母親消失之前，這個女人就與父親有所關聯了。若要問喜歡或討厭，當然是討厭，竟然要這種傢伙在家中一起呼吸，共用浴室和廁所，實在不快。

加奈想念母親。然而母親想必不這麼認為吧。自己沒有做錯什麼事，母親卻二話不說拋下自己，逕自離開了家。

但是，如果她還在的話……也許還能向母親訴苦，能請她帶自己為了**那件事**一起去警察局。或許就能解決了。一想到這裡，就感到非常難受。

於是，一想到讓自己陷入這種心情的理由之一，就是現在家裡的那個女人……加奈就無法不討厭她。

所以她才會列在名單上的第四號。

然後父親是第五號。

3

搭電車前往木內川原國中上學。

原本想讀離家近的國中，但是因為在升學前母親離家，周遭的目光讓她很難受，因此刻意挑了有段距離的木內川原國中。

木內川原國中是間相當大的學校，除了加奈之外多少也有學生搭電車上學。所以為了避免遭遇認識的人與打招呼，以及隨之而來的難受沉默，加奈搭車時偏好比其他學生更早的時間帶。

車廂內一如往常空曠，因此她坐在長椅邊緣，抱著背包。

胃莫名沉重。加奈一點也不想上學。

可是非去不可。

只是偶爾一次的話還會睜一隻眼閉一隻眼，但是次數多了之後，自稱「關懷學生」的班導石原就會造訪家裡，過去的經驗已經讓她十分明白。接著編出一篇「因為複雜的家庭環境而不願上學，但身為班導希望能予以扶持，盡最大的努力讓學校成為令人安心的環境……」這番自說自話的故事寫在報告書裡交給教務主任，簡直是腦袋有問題的前高中球兒。

雖然只是個想飾演熱血教師的人，但是這類傢伙大多挺麻煩的。往往自以為能力高人一等，同時又有多餘的行動力，因此更是棘手。

雖然不知真假，加奈甚至聽說他曾在其他學校引發暴力事件，因此被趕出校園。反正一定是為了飾演熱血教師，模仿昔日的電視劇情要求不良少年排排站，依序打耳光吧。

大概不是壞人。單純只是蠢，而且造成他人麻煩而已。

石原總是自稱站在學生那一邊，要是當著他的面說明當前班上的狀況，究竟會露出什麼表情呢？

「啊──妳都搭這個時候的車啊。香子，早安。」

身體不禁抖了一下。抬頭一看……不出所料，溝隱瑠璃以理所當然的態度站在眼前。

光澤亮麗的黑色長髮。散發清純氛圍的臉龐。白皙的肌膚。雖然只是國中二年級，有如模特兒的修長體型曲線看起來有如高中生。只見她以端正的姿勢雙手拿著皮革手提包。

正如同大眾心目中對資優生的形象……這就是溝隱瑠璃。

實際上腦袋也比其他人好很多。家世優秀。祖父似乎是政治家，父親則是當地無人不知的不動產公司老闆。

她站在坐在長椅上的加奈面前，面露微笑俯視。微微眯起的眼睛後方藏著惡意。

「早安啊？香子。」

一點也不想回答。只想忽視。想去其他的世界。

但是對方想必不會放過自己。只能回答了。

加奈更用力地抱緊背包，縮起身子。就像昆蟲試圖保護自己的模樣。

「……早、早安，溝隱同學。」

電車行駛的聲音聽起來格外響亮。氣氛凝重。

加奈以畏縮的動作抬起視線，只見溝隱擺出和剛才完全相同的笑容俯視自己。

「啊，對了！在這裡遇見也是個好機會……欸，香子，那個，今天會比較早放學對吧？放學後有空嗎？偶爾也一起去玩嘛。」

加奈不知道自己露出什麼樣的表情。是打擊呢？抑或是絕望？無論何種表情，似乎只是讓溝隱感到有趣。她的笑意更深了。

「要不要去東京玩？」

「……今天，有事……」

加奈低下頭。在LycoReco要扮演別人明明那麼簡單，平常卻不懂得如何撒謊。

……不，不是這樣。

因為待在LycoReco的加奈才是自己真正的模樣。現在這個只是虛假的自己。所以在那間店裡，自己說起話來十分自然。在這裡一開口就語塞。

「什麼事？」

「……什麼事……呃，那個……」

「一定很重要吧……比和我玩還重要。」

溝隱的語調有點變了，打開手中的手提包。

「……該怎麼說，那個，只是有點事……為什麼！」

溝隱拿著手機，將螢幕轉向她。畫面上的人是渾身赤裸被壓在地上的加奈。

加奈不由得站起身來。雖然乘客不多，附近還是有其他人。

呵呵呵。溝隱笑了。

這張照片是在體育課更衣時拍的。先是被她用手機拍下更衣時的模樣，為了奪下手機刪除時，反倒被溝隱的朋友制服，內衣褲被扒光後，在眾人笑聲環繞下再次被拍照。

這是妳想對同班同學動粗的懲罰。為了不讓妳使用暴力，必須有東西能制止妳。她是這麼說的，而且沒有人試圖阻止她們。其他同學要不是避免淌渾水而早早離開更衣室，就是在遠處圍觀發笑。

如果只是過去那樣鄙視、嘲笑、推擠，她都覺得無所謂。雖然不願意，不過還能忍受。和家裡有陌生女人的生活相比，終究好上**幾分**。

然而唯獨噙著淚水的眼睛照得一清二楚，讓人壓在地板上的裸照，實在無法忍受。胸前和大腿上的痣，知道特徵的人應該都認得出來吧，更何況寫有名字的運動服也被拍進照片裡，簡直糟糕透頂。

溝隱有事沒事就會對她秀出這張照片。見到她的反應，那張漂亮的臉蛋欣然而笑。就像現在這樣。

「要是我太無聊，也許會把這張照片上傳到網路喔。」

溝隱的笑意更深了。彷彿是隻怪物。不，這個女人就是怪物。

「別這樣……」

「什麼？香子？我聽不見喔？啊，順便把聯絡方式一起貼到找乾爹的網站吧？」

「請……不要這樣。」

加奈也知道若非有什麼大事，照片應該不至於外流。為了保持自己的優越地位，重點在於只有自己持有這張裸照，若是外洩警察也會有所行動吧。這樣一來將會成為鐵證。

溝隱也不是笨蛋。她是懂得算計得失的女人。不過自己一旦反抗，她應該會給其他人看吧。已經給別人看過的可能性更高，而且如果全力反抗……到了最後關頭，不知會發生什麼事的恐懼時常揮之不去。

加奈甚至聽聞她的男朋友是個很可怕的人。

「抱歉喔，因為香子有些不知好歹嘛……今天能去玩吧？我們是朋友吧？對吧？」

加奈已經沒有任何選項。懷裡的背包被她緊緊抱到發皺，還是點了頭。

溝隱瑠璃是名單第一號。之前她那兩個壓住自己的朋友則是二號和三號。

現在**動手**也可以。不過一旦開始就得一鼓作氣。

否則可能無法抵達名單的第五號（Last）。

所以不是現在。現在還不行。還要忍耐……

加奈一次又一次叮嚀自己，壓抑著彷彿即將爆炸的心靈。

沒事的。這種事我已經習慣了。之前不是都忍住了嗎？

直到幾天前都在絕望之中一直忍耐至今……

然而現在有了莫大的希望。

「我啊，一直想和香子關係變得更好喔。但是我這個人有點笨拙……妳也常聽別人說吧？面對喜歡的人就會忍不住想惡作劇的，**那一類**。」

隨口瞎說的謊言。令人作嘔的用詞。一切都是這麼醜陋。

加奈低臉顫抖，溝隱面帶微笑。電車載著兩人駛進木內川原國中所在的車站。

「不下車嗎，香子？會遲到喔？」

溝隱一邊笑了幾聲，一邊走出車廂。

載著低頭顫抖的加奈，電車再度出發。所有車廂裡應該都沒有木內川原國中的學生。無法呼吸。

來自世界的強大壓力彷彿要擠扁自己。

一個不小心，好像就會變成被壓爛的番茄。

這樣說不定還比較輕鬆。只是世界總是拖泥帶水，不願意一口氣壓扁自己。維持著最讓人感到痛苦的力道，擺出施捨的態度表示這叫溫柔，這叫善意。

別開玩笑了。要動手就快動手。加奈很想這麼說。但是又該對誰開口？到底該反抗什麼？這個痛苦究竟是什麼？

加奈抱緊背包。如今唯有這個背包是生命線。為了拯救自己而垂到眼前的蜘蛛絲。只不過這條細線的彼端絕對不是極樂淨土。而是地獄。但是那也無妨。只要能讓自己擺脫這個世界就好。

忍受作嘔的感覺，任憑車廂搖晃。不知不覺又過了好幾站。但是因為原本就搭了比較早的車，只要換乘快車還是能夠趕上吧。

提不起勁。但是如果不去上課，石原就會來家裡。別無選擇。

加奈抱緊背包，換乘回程的電車，前往木內川原國中。

「喔！堅！早安！怎麼啦，打電動打太晚嗎？差點就遲到嘍，哈哈哈！」

肌膚黝黑的石原一大早就滿身汗臭味，一臉開朗的笑容站在校門前等候。加奈微微低頭走了過去。

「哎呀，早安，香子。」

玄關前方手拿著垃圾袋與夾子的溝隱與兩名朋友，看著加奈面露微笑。

「堅也別老是打電動，要不要偶爾也像溝隱她們那樣參加志工活動啊？既健康又能增加朋友，而且老師還能幫妳加點申請分數喔，哈哈哈哈哈！」

自己根本沒在打電動。石原總是擅自將他人分類，歸到那個愚蠢腦袋裡數量稀少的類型裡，然後自以為理解一切。腦袋空空。

加奈背對所有人走進校舍。

「……放學後，別忘了喔。」

溝隱的細語糾纏著加奈。感覺好噁心。

4

加奈從以前就喜歡去東京。

她對都會沒有特別的憧憬。單純只是喜歡誰也不認得自己的場所。換成鄉下也無所謂，但是那種地方總是會敏銳察覺外地人，所以她喜歡東京。

她不認為東京會有自己的歸宿，但是她有種感覺，東京允許任何人待在這裡。

將零用錢兼午餐費的一千圓存起來，帶去東京花。

多虧如此，加奈幸運地邂逅了LycoReco咖啡廳。

那間咖啡廳太棒了。

真的很美好。

店長米卡正是理想中的大人。溫柔又心胸寬大，而且感覺起來總是關注著自己。若要描繪理想的父親，大概就是他吧。

瑞希則讓自己不禁希冀，如果有這樣的姊姊或親戚該有多好。適度的隨興對待，加奈從沒遇過明明年紀比自己大，卻能輕鬆交談的人。雖然個性的確有大而化之的地方，不過加奈覺得她是在背地裡解決LycoReco各種麻煩的可靠存在。

胡桃則是不可思議的孩子。雖然年齡不管怎麼看都比加奈還小，但是腦袋很靈光。也許正是如此，在需要計算的桌遊方面極為高超，但在依靠直覺與判讀別人感情的遊戲就時常出錯，這點很可愛。最重要的是最初製造加奈融入LycoReco契機的人就是她。是胡桃用一句「要一起玩嗎？」邀請加奈一起玩桌遊。感謝不盡。

然後是瀧奈。就某種角度來說，她是加奈的理想。認真又可靠，無論面對誰都毫不畏縮。工作起來動作俐落。不像自己一樣滿頭翹髮，她是有著美麗黑色直長髮的美人。而且完全不像某人那樣眼裡深處藏著邪惡。給加奈的印象有如打磨鋒利的日本刀。話雖如此，偶爾顯露笑容時的可愛，即便身為同性的加奈也不禁小鹿亂撞。

大家都是很棒的好人。但是硬要說誰最棒的話，果然還是千束。

簡直就像小狗一樣。當她一出現在外場，一定會向店裡所有客人打招呼，有時也有客人找她攀談，大受歡迎。有如青春洋溢與親切可人的代名詞。

雖然毫無疑問是個美人，但是可愛這兩個字更加貼切。在與她相遇之前，加奈從不曉得世界上竟有如此有魅力的人。

面對初次見面的加奈，就像把她當成親戚家的孩子一般對待，在加奈離開時，則像是朋友一般送別。而且那絕非出自工作需要，或者是同情可憐的加奈。

單純只是像個普通朋友……

——一定要再來喔！我會等妳！

已經好幾年沒聽到如此令人欣喜的話語了。

加奈把這句話當真，下週再度造訪時，千束仍然清楚記得加奈。坐在自己身旁，陪自己隨意閒話家常。是段幸福的時光。

雖然加奈話中參雜許多謊言，但還是開心……與她的對話真的十分開心。加奈第一次知道與人對話竟然這麼開心。

如果千束是同班同學……想必每一天都能過得更開心，學校生活也會豐富到自己細瘦的手臂無法環抱的程度吧。

加奈覺得千束擁有讓人幸福的力量。

而且她不會犧牲自己。雖然以自己為優先，同時讓周遭旁人一起幸福……就是這種人。

所以待在一起從不覺得討厭。

當她為自己做了什麼，不會覺得歉疚，讓人能發自內心道謝。

所以在她身旁……聚集在LycoReco咖啡廳的每個人，看起來都很幸福。臉上掛著笑容，態度從容不迫……即使面對自己這種人也以理所當然的態度接納。

只要到了店裡，就有屬於自己的位子……她讓加奈有這樣的感受。

所以每次搭上前往東京的電車時，內心總是雀躍不已。一想到能夠再次造訪那間咖啡廳，每天不吃午餐也不覺得難受。為了多去一次，忍耐不買多餘的東西也沒問題。節省車資也無所謂。

前往東京的電車原本應是如此開心……但是今天不同。

坐在加奈旁邊的溝隱瑠璃一臉無所謂的表情。待在表情陰鬱的自己身旁，想必非常惹人注目吧。就連每個走進車廂的乘客都不禁看她一眼。

前往東京的電車。今天只能感覺到厭惡。

雖然只是數百圓，但是這筆車資還不如丟進水溝比較划算。痛苦。難受。如坐針氈。噁心作嘔。

而且還不曉得下車後究竟要做什麼。

當然不可能到了東京當場解散。她肯定有其目的。

那肯定是加奈討厭的事，而且想必會花錢。她不認為溝隱會出錢。一想到說不定還得幫她付錢，她已經事先將皮包裡的鈔票幾乎全數抽出，放進裝有重要物品的背包**雙層底板**之間的祕密夾層。

在溝隱的催促下搭上電車，然後下車。下車之處……正是錦糸町。

加奈不由得深感不解。

感覺有如被人穿著一雙髒鞋闖進自家客廳。

「我的男朋友在這裡開店。跟我來。」

溝隱走出車站南口，這是最起碼的救贖。加奈鮮少造訪這裡。

大概是夜晚營業的店特別多吧。雖然還沒天黑，但是住商混合大樓間的小路已經散發詭異的氣氛，溝隱帶著她走過小路，來到距離車站有點距離的大樓。

「……這裡不是店。」

「妳不曉得嗎？會員制的高級店不會特別掛招牌……跟我來。」

在一樓玄關輸入房號之後，「請進」裡面傳出男人的聲音，上鎖的自動門隨之開啟。

昏暗的感覺有如魔界之門。加奈將背後的背包移到身前，抱著背包穿過自動門。

搭乘電梯抵達十三樓。這裡是頂樓。同樣沒有招牌。而且只有兩扇門。其中一扇是逃生梯，所以整層樓只有一戶。

裡面似乎是普通的玄關。因為有拖鞋，加奈便換上拖鞋。

屋裡的氣氛的確像是店家。餐廳與廚房十分有模有樣，還有私人住宅裡不會有的大型吧檯。廚房整理得乾乾淨淨，營業用冰箱與廚具一應俱全。有個穿著圍裙的男人正以熟練的動作切菜。

「他是這裡的侍者。用不著在意，就當他不在場就好。」

室內擺設看起來都頗為昂貴，擺著好幾張一看就知道很軟的大沙發。

更誇張的是或許為了營造開放的非日常氣氛，有一整片玻璃落地窗，另一側則是莫名寬敞的頂樓陽台。陽台上面立著陽傘，傘下放著桌子與沙發，以及一名把玩手機的男人。

大概是注意到加奈她們來了，年約二十來歲，笑容溫和的高個子男人從沙發站起身。

大概是在東京和錦糸町過著夜生活的那種人吧。頭髮是醒目的金黑雙色。服裝是牛仔褲搭配搖滾樂團的T恤，打扮雖然很簡單，但是全身上下飄盪著金錢的氣息。大概來自手指和耳朵的飾品散發的高級感。

「那就是我的男朋友。」

在溝隱的催促下，加奈走向陽台。

「初次見面，堅香子小姐。我是瑠璃的男朋友，名叫門脇。時常聽瑠璃提起妳。啊，別客氣，請坐在沙發上。」

溝隱說的想必不是什麼好事。雖然不知道他聽聞了哪些事，但是表情異常溫柔……太過溫柔了。眼神簡直像在寵物店看著小貓。

這裡的沙發比加奈過去曾經坐過的任何沙發都要柔軟。感覺身體會陷進去。但在逐漸變熱的現在似乎有些悶熱。

「……那個，這裡是……今天，要做什麼……」

「今天只是想多認識香子小姐一點，所以打算開個茶會。這個地方呢，晚上是會員制酒吧，不過在接下來的時段主要招待年輕女性，做些類似咖啡廳的生意。」

門脇對著室內的方向舉起手。加奈這才注意到剛才看似巨大落地窗的那片玻璃，似乎是塊反光鏡。現在看起來就像銀色的鏡子。

有如銀色牆面的地方打開，剛才待在廚房的侍者送來玻璃茶壺與茶具組，並且為加奈倒茶。

似乎是香草茶。壺中浮著加奈沒見過的花與草。

「這個很貴喔。雖然風味有點特別，還請喝喝看……妳一定會喜歡的……………啊～真不錯。」

溝隱像在介紹自己的東西一般說完之後，便喝了一口。接著以放鬆的表情呼了一口氣。

加奈原本懷疑是否加了瀉藥，但是溝隱二話不說就喝了同一個壺裡倒出來的茶。態度冷淡的侍者也默默回到廚房。

大概只是普通的茶吧。但是……

「啊，失禮了。香子小姐，行李可以放在那邊的架子。」

「啊，呃……不了，我拿著就好。」

加奈把一直攬在懷裡的背包擺到腳邊。不想放到太遠的地方。現在唯有這個背包是自己的支柱。

加奈在兩人的催促下，把手伸向茶杯。雖然有股怪味，不過香草茶大概都是這樣吧。還是咖啡比較好。她用杯緣壓住險些冒出這句話的嘴唇。

不過她沒有喝。

一點也不想讓那些傢伙端出來的東西進入自己體內。無法忍受這個成為自己身體的一部分。所以只是裝出喝的樣子。

加奈還不曉得她為什麼會找自己過來。這點讓加奈害怕。然而溝隱與門脇毫不在乎加奈的存在，繼續意義不明的對話。

這種香草茶是真的很貴。對身心都有益，甚至有減肥效果。最近市場上的流通量少了很多，價格因此更加高漲。近來收入有點教人擔心，因此想儘量多找幾個客人。以溝隱的那兩個朋友為首，似乎還會有其他學校的幾名國中生與高中生會來這裡……

「所以了，香子。我希望妳也能成為這裡的茶會成員，今天才會邀妳過來……妳看，我們之間也有過不少誤會嘛。欸，我希望趁這個機會和妳改善關係。」

坐在一旁的溝隱的視線教人不舒服。美麗的臉龐明明露出微笑，不知為何視線冰冷得有如蛇蠍。是因為自己感到厭惡才會看起來如此嗎？

加奈無法忍受，從溝隱的臉挪開視線。這時加奈突然間注意到她剛才喝的茶杯已經空了。加奈感到納悶。記得她只有一開始喝了一口而已。該不會一口氣喝完了吧？就算喉嚨再怎麼渴，在這種初夏時節大口喝光熱騰騰的香草茶？

另一方面，門脇似乎在講話的同時不時把茶杯拿到嘴邊，卻和加奈一樣，杯中還剩很多茶……也就是幾乎沒喝。

這種差異是怎麼回事？

加奈瞬間有種彷彿遭遇地震的恐懼。

「所以說，欸，香子……妳願意和我們一起成為茶會的成員吧？」

「可、可是……我、我那個……」

「啊，對了！之前那張照片，我就刪掉吧。好不好？這樣一來……妳就願意當我的朋友了吧？」

溝隱的笑意更濃了。

太奇怪了。這個女人的個性應該不會這麼好心。肯定會單純追求自己的利益。一旦掌握有利的條件，絕對不會放手才是。可是現在卻……

「和我當朋友嘛，好不好？」

這是陷阱。雖然不知道她打什麼算盤，但這很明顯是陷阱。

加奈搖頭。

「我……沒辦法。對、對了，這個很貴吧？這種茶。所以……我家，沒什麼錢。」

溝隱露出詭異的微笑。

「——呀啊！」

坐在桌子對面的門脇突然伸手摸向加奈的頭髮。

「啊，不好意思！……不過，可以看一下嗎？」

門脇嘴巴說得客氣，手卻毫不遲疑地撩起加奈的瀏海，仔細端詳她的臉。

「什麼嘛，比瑠璃說得漂亮多了。很可愛啊。只要上個美容院，稍微學會怎麼化妝，就能更……不，不過現在這樣比較好吧？有種純樸的感覺……嗯，很可愛。」

好恐怖。但是在此同時，這是她第一次受到家人以外的男性稱讚容貌，無法釐清的感情在腦中打轉。

「然後啊，香子小姐，關於剛才說的茶會，一點都不用擔心錢的問題。反而可以拿到零用錢喔。」

「……啥？」

「特別是第一次可以拿到很多喔。太好了。」

不明白他究竟在說什麼，加奈看向溝隱。

她……正拿起空了的玻璃茶壺，拚命將剩餘的些許香草茶滴進自己的茶杯。杯中累積了大概兩湯匙左右的茶，隨即便用舌頭舔得一乾二淨，然後露出放鬆……不，是恍惚的表情。

這般舉動讓加奈頓時懂了。

危險。繼續待在這裡絕對有危險。

「對、對不起，我家有門禁，我先走了！」

從沙發上起身，連忙抱起背包。

「……一萬圓。」

門脇如此說道。與剛才截然不同的冰冷語氣。

「妳那杯香草茶的價格。付了錢再走喔？……可別喝霸王茶喔。否則我就非得向妳的學校報告才行。」

怒意湧上心頭。加奈咬緊牙根看向他。

「我、我、我又沒喝。我只是假裝喝而已。」

門脇看向杯子，搔著頭說聲：「啊……難怪啊。」

「就算是這樣，那也是妳的分。」

「我也沒有點飲料！明明是你們自己送上來的！」

「就算是這樣……妳還是得付錢。入場費，這樣講妳也不懂吧？哎，簡單來說就是進門就要付錢。規定就是這樣……咦？怎麼樣？妳想當罪犯嗎？」

誰才是罪犯啊……！

「不想付錢的話，就待在這裡和大家一起開茶會嘛。只要這樣就好了。」

「香子，欸，不要這麼生氣嘛。我們好好相處嘛。好不好？只要成為茶會的成員，一定會很開心的……好嗎？」

溝隱笑著從書包裡拿出手機。又要來那招了。她想秀出照片吧。

加奈有如反射動作把手伸進自己的背包。

是現在嗎？就在這裡嗎？

現在這個瞬間，就是那個時刻嗎？

但是從這裡開始的話，只有名單第一號，以及不在計畫裡的無關人等。

該怎麼辦才好……

咬緊牙根。不甘心的感覺好像快把自己逼瘋了。

但是，如今只能忍耐。只能忍受。

不是現在。還太早了。所以——！

加奈把手伸進背包的底板之間——祕密夾層裡拿出好幾張皺巴巴的千圓鈔票。

每天不吃午餐，該買的東西也不買，好不容易才存下來的——為了造訪LycoReco，屬於加奈的所有財產。

她把其中的大部分都丟在桌上。

門脇大嘆一口氣。

「……最近的國中小鬼還真有錢啊～嘖，早知道就開個更高的價錢……瑠璃，喂，妳打算怎麼辦？想找這傢伙的客人已經來了喔。怎麼解決啊？妳要不要假裝第一次去接客？」

「欸、欸、欸，香子。我們是朋友吧？對吧？」

溝隱邊笑邊操縱手機，急著想找出那張照片。加奈想在她威脅之前先離開這裡。

「這……這樣就夠了吧。還是剛剛說的價格是騙人的？」

「嘖……夠啦。妳可以滾了。」

雖然想要模仿外國電影那樣吐口水，但是喉嚨很乾。

加奈連忙抱緊背包離開，接著拉開反光鏡的玻璃門……然後伸手摀住嘴巴。

不知何時屋裡已經有人了。穿著陌生制服的女國中生與女高中生，以及對她們上下其手的半裸男人們。桌上擺著香草茶和香菸和針筒。未曾聞過的詭異臭味讓加奈反胃作嘔。

加奈朝著玄關跑去，踢飛腳上的拖鞋，拎起自己的鞋子直接跑向電梯。

按下按鈕後，電梯幾乎是在同一時間抵達，電梯門開了。

「哦！咦？啊，是香子妹妹！怎麼，這是迎接客人的服務嗎？」

滿臉油光的男人見到加奈便驚喜說道。朝她伸出戴著閃亮金錶的手。

加奈反射動作似的向後退。

「香子，等等啊！」

依然敞開的房門傳來溝隱的聲音。

在心中斥責顫抖的雙腿，放棄電梯的加奈打開通往逃生梯的門，只穿著襪子的雙腳往樓下狂奔。

也不知道就這麼跑了多久。

回過神來，已經是晚上了。

她躲在老舊住商大樓之間嘔吐。

彷彿要將胃裡的一切都掏出來一般嘔吐的同時，她哭了。恐懼與不甘心讓腦袋彷彿就要失常。

見到、聞到骯髒的事物。而且自己也差點也被拐騙進去。

全部都看到了。頓時覺得明白了。

自己那張照片肯定已經有很多人看過。至少門脇和電梯裡的那個男人都是。

本來就覺得這種事遲早會發生。只是現在親眼見到了。當赤裸裸的證據擺在眼前，還是不禁渾身顫抖。

所以想吐的感覺不停湧現。

但是眼淚不一樣。

流淚是因為失去為了造訪LycoReco存下來的錢。

那是她費盡心力存的錢。肚子餓了也要忍耐，渴了只喝廁所的自來水，文具不夠就拿別人不要的，或者是到二手店買舊的便宜貨，她不買月票而是用單程票上學，寧願回家時走好幾公里的路，就算晚點到家也無所謂，就是為了省下回程票的錢……就是如此拚命存錢。

都是為了喝到那間咖啡廳的美味咖啡，為了與常客們展露笑容，為了與千束她們閒話家常……為了造訪這個世上屬於自己的最後歸宿，為了能當個平凡無奇的女孩加奈，那是不可或缺的一筆錢。

卻因為那種事而失去了。

那讓她不甘心得淚流不止。

剛才也許不是應該忍耐的時候。

也許就是應該開始的瞬間。

但是她沒有伸手。

明明就在旁邊，她卻沒有抓住機會。

雖然當下腦袋一片混亂，但這肯定是因為自己也知道，如果一時衝動開始，肯定連計畫的一半都無法達成吧。

所以她忍住了。

自己努力了。沒錯。努力過了。所以——

「那個～……妳沒事嗎？」

加奈蜷曲著身體將額頭抵住牆壁，一聽見這個聲音，就有如暗藏彈簧一般挺直背脊。

認得的聲音。最喜歡的說話聲。

雖然現在很想見面，但卻絕對不想遇見的那個人的聲音。

偏偏挑在這個時候……的聲音。

加奈一邊顫抖，一邊看過去。

背對錦糸町夜晚的路燈，一道輪廓在黑暗中浮現。身穿學校制服的少女身影。

那個人就是錦木千束，加奈絕對不會認錯。

加奈發出「噫！」的叫聲，遮住臉龐逃進大樓間隙的深處。

就像是被人扔石頭的野貓，翻越路上的空調室外機，跑過滿地垃圾的狹窄大樓隙縫，逃往暗巷。

「為什麼……！為什麼……？」

唯獨當下自己這副模樣，絕對不想讓她看到。

如此悲慘的人不是自己。不是加奈。

所以她奔跑。逃亡。

不顧一切只是逃走。

逃離這一切——

5

胃很沉重。一點也不想去學校。

可是非去不可。

雖然有石原來家裡的可能性，但是現在更麻煩的是溝隱。無法預料現在的她會做出什麼事。無法置之不理。

如果她打算做什麼事，就告訴她要把那棟大樓的事告訴警察……

自己真的能報警嗎？不曉得。只要告訴警察，就會把事情鬧大。儘管如此，溝隱的惡行惡狀也許終究不會遭到揭發。雙親與祖父的力量是原因之一，不過更重要的是她還未成年，也許會被視為加害者同時也是被害者。

屆時自己的下場究竟會如何……不曉得。萬一警察全面搜查，最糟糕的狀況，就是自己當下隱藏的**祕密**也會曝光。

所以如果真要報警，那也是最後的手段。

但是理應能夠當成談判籌碼。

校門前。今天沒見到溝隱和她的朋友。加奈前往教室——有了。

溝隱今天也是班上的中心。頂著那張漂亮的臉蛋和朋友們交談。她瞄了加奈一眼，兩人四目相對。但是她先挪開視線，繼續對話，微笑依舊。彷彿什麼事都沒有發生。

好像在說昨天的一切都是一場夢。

這反而更讓加奈害怕。無法猜測她在想什麼。

了解彼此都握有鬼牌，因此決定避免干涉嗎？如果真是這樣，那麼倒還挺機靈的。不過溝隱不是那種人。如果她是甘願平手的女人，如果她是遇到對方反抗就這麼算了的女人……加奈也不會如此憎恨她。

她肯定會採取行動。加奈十分肯定。

現在這個看似平靜的狀況教人害怕。不曉得會發生什麼事，除了恐怖無法形容。

但是，儘管加奈提心吊膽，時間一如往常般流逝。

要說有什麼差別，就在於溝隱澈底忽視加奈而已。並非霸凌那種的忽視，而是字面意思的視而不見，就像是沒有特別注意。

換個角度來看，其實加奈也落得輕鬆。不過在昨天那些事之後，這樣未免太過詭異。

也許是因為溝隱刻意忽視，加奈卻一直盯著她，在回家前的班會上，石原似乎有所察覺，甚至不時看向加奈。

「那麼今天就放學了。別因為週末就太晚睡喔。那麼，起立！敬禮！」

結束了。平安無事。加奈就這麼坐下，視線依然看著溝隱。她擺著心情愉快的笑容，若無其事地走出教室。

「……怎麼回事？」

「怎麼回事是指什麼？」

加奈不禁唸唸有詞後，有人回答。她嚇得差點從椅子上摔下來。那是一臉驚訝的石原。

「堅，今天放學後有事嗎？」

「……不，沒什麼事……」

「那麼妳來一下學生指導室……啊～之後老師要和其他老師開會。妳可以先找地方打發一個小時，再來學生指導室嗎？」

「……請問這是為什麼？」

「啊——……哎，算是家庭環境的調查吧？」

大概是因為四周還有其他學生，石原低聲說道。

以前連續幾天沒上學時，他跑到家裡來，那個女人便對著他說了些有的沒的。恐怕是那次事件的餘波吧。

真不愧是名單上的第四號，總是扯加奈的後腿。

過了一小時後，加奈來到校舍三樓的學生指導室，在沒有其他人的房間又等了三十分鐘，石原這才姍姍來遲。

說了幾聲道歉便隔著桌子坐到加奈的對面。接著不知為何開始用意不明的閒聊。例如最近學校生活如何，開不開心等等，諸如此類在這個世上名列前茅的無聊問題。

加奈回答得不置可否，最後只有沉默充斥四周。

這段無意義的時間究竟是怎麼回事？不知不覺間，太陽也漸漸西斜。

「那個，老師，我差不多……」

「……啊——要是太晚回去也不好嘛。放心吧，老師會開車載妳回去。」

這件事讓加奈單純感到開心。為了重新累積前往LycoReco所需的金錢，她已經決定這段時間都要走路回家。上學時有遲到的問題，但是回家多晚都無所謂。

也許是加奈不由得面露笑容。石原也有些開心地笑道：

「所以說，那個……老師就直說了。老師聽到一些……該說是奇怪的謠言吧。堅，妳是不是很缺錢？」

「……咦？」

「妳是不是……用些奇怪的方法，那個……想賺錢？」

「……這、這是指什麼……？」

「那個，哎，其實是有某個學生，那個，說是擔心妳而來找我商量……聽說妳……正在賣春。」

「啥！」

加奈猛力拍打桌子起身。石原也反射動作般站起來，舉起雙手要加奈冷靜。但是加奈當然無法冷靜。

「我沒做過那種事！為什麼……啊……」

只想得到一種可能性。

是溝隱。她為了報復而向這個笨蛋編造故事。所以……

「那傢伙！」

夠了。**這就開始吧**。再也無法放任那傢伙了。絕不原諒。

「等等等等等等，冷靜一點。」

石原的雙手從桌子對面伸過來，抓住加奈的肩膀。厚實的大手。只是被他用單手抓住，加奈便無法動彈。

「妳先坐好。總之先冷靜下來。真是的。」

被他使勁往下壓，加奈被迫坐回椅子上。石原大概以為加奈會找機會衝出房間，於是從桌子對面繞了過來，站到加奈背後。

那是為了預防扒手等罪犯掙扎或逃走時，警衛之類的人會選擇的站位。

「所以說，實際上怎麼樣？」

「……那是假的。我什麼也沒做。」

「可是啊。妳剛才的表情，看起來好像心裡有數。」

「……那是……我猜到說謊的犯人是誰而已……」

「哎，這個嘛。因為有家庭環境之類的因素，老師也知道妳有辛苦的地方啦。」

「和我家沒關係！」

「……妳想要錢嗎？但也不是為了玩吧？妳的個性很認真，這點老師明白。因為老師都看在眼裡。」

「就說不是這樣。我什麼也……！」

「就算妳這樣說……那個，雖然難以啟齒，但是擔心妳而來找老師討論的學生，打開約會網站給老師看，上面有妳的裸照……」

……可惡！

那傢伙真的下手了。

坐著的加奈用力抓住裙襬，力量大到抓皺了裙子。

既然妳這麼做，我也有我的辦法——！

「堅，如果有什麼煩惱，就來找老師商量。老師會幫妳的。」

「……老師，其、其實……！」

「堅。」

偌大的手掌放在兩邊肩上。不像剛才那樣用力壓制，而是透出幾分溫柔，柔和……而且噁心。

「別再做那種事了。社會上有很多莫名其妙的傢伙。還有傳染病的問題……所以說，如果妳真的無論如何都需要錢……吶，堅，老師我——」

本能敲響警鐘。

在理解狀況之前，雞皮疙瘩先爬滿加奈全身。石原的胸口接著貼住自己的後腦杓，他的手緩緩朝下，伸向加奈的胸口。帶有汗臭的男性體味包圍了加奈。

「不要……！」

「不用怕，老師會保護妳。」

石原總是在自己的腦中將別人分類。

現在的加奈究竟是渴求庇護的可憐少女，還是被他抓住把柄任憑擺布的玩具呢？

加奈抓住石原在她胸前揉捏的手。然而雖然想拉開，卻紋風不動。對方力氣太大了。

就算想從椅子上起身，石原壯碩的身軀從身後包覆，不允許她起身。

膝蓋顫抖，全身上下冒出冷汗。身體使不上力氣。

「堅……就算稍微把臉遮住，老師還是一眼就看出來那是妳喔。」

「……為、為什麼……！」

「還問為什麼，因為妳的痣長在很特別的地方啊。」

粗壯的手臂伸進制服底下，石原反覆撫摸著理應看不見的那顆痣。

加奈拚命鞭策自己幾乎混亂的腦袋運作，然而沒辦法。一切都不順利。

儘管如此，她還是有所察覺。謠傳石原過去曾經引起暴力事件而被趕出校園——恐怕就是**這種事**吧？

如果真是如此，難道溝隱連這些都算到了……不，想太多了吧。而且現在的重點不是溝隱，應該先設法解決眼前的狀況——

「不要這樣，老師……誰來救我……！」

「老師會救妳，堅，放心交給老師。」

這時臀部終於能夠離開椅子。站得起來。如此心想的下一個瞬間，背後的石原猛然將體重壓下來，粗魯地將她壓在桌上。

肺部的空氣被擠出喉嚨，讓她不禁咳嗽。

手臂伸進衣服底下，身體被人隨意玩弄的感覺讓加奈不禁落淚。

「不要怕，堅，用不著再煩惱了。接下來全部交給老師就好。」

永遠、永遠都是這種事。

自己的人生永遠擺脫不了。

想必接下來也是一樣，永遠……

這種人生——

「別開玩笑了！」

「喂，不要大呼小叫。」

石原連忙伸手想堵住加奈的嘴。就在這時，加奈懷著乾脆咬斷的決心，用力咬住他的手指。虎牙刺穿皮膚，刺進肌肉，加奈透過自己的牙齒聽見他的骨頭發出嘎吱聲。

石原的低沉哀號聲響起。原本壓住加奈身體的體重消失了。好機會——就在加奈這麼想的時候，身體飛了出去。

加奈的臉挨了一記強烈的耳光，整個人被打飛到牆邊，倒在地上。眼冒金星。痛得讓加奈發出有如嬰兒的呻吟。

「混帳，妳……別鬧了！」

即使手指頭在滴血，石原依然靠了過來。臉上完全沒有平常那種愚蠢的笑容。而是男人憤怒時的表情。

加奈感受到純粹的恐懼。不折不扣的生命危險。

背包。只有背包。只要有背包。

在哪裡？剛才坐著的時候，擺在腳邊……

「……啊！」

如今石原就站在那裡。背包躺在他的腳邊。

儘管身體不停顫抖，加奈拚了命撲向背包。但是他的腳尖襲向腹部。

「妳到底想要怎麼樣！不就是要錢嗎！我還想說幫妳一點小忙……不識好歹！」

被踢飛的加奈再度倒地。但是背包已經落入她的手中。緊緊抓著。

這下已經無所畏懼。

加奈把手伸進背包，就在雙層底板中間，握住一直藏在祕密空間的**東西**。

「不准動！」

加奈握住它擺出架式。

手裡握著小型半自動手槍。彷彿是為了加奈的嬌小手掌量身打造，被她的手掌包覆——克拉克42。

「啥？什麼啊，拿著玩具想幹什麼？」

那不是玩具。是貨真價實的真槍。

加奈流暢拉動滑套，將子彈送進槍膛，立刻重新舉槍瞄準。

瞬間的金屬摩擦聲、加奈的氣息、眼神，以及那把槍雖小卻散發玩具沒有的存在感，這一切都讓石原的臉逐漸失去表情。

加奈右手握槍直指石原，用左手擦淚。雖然剛才沒注意到，但是自己似乎流鼻血了。她用手背抹去鮮血，再度穩穩握槍。

右腳稍微往後拉，以伸直的右手握槍，另一隻手放鬆，以左手從側面抱緊右手……韋佛式射擊姿勢。之前在LycoReco咖啡廳為了協助漫畫創作演短劇時，瀧奈親自詳細指導的射擊姿勢。

毫無疑問能開槍。能殺死他。加奈很肯定辦得到。

「……堅，妳，到底，做什麼……」

加奈不回答。不說話。因為沒有必要。

這間學生指導室的主導權，如今已經完全轉移到加奈這裡。

已經贏了。所以她不開口。絕不談判。

加奈咬緊的齒縫發出有如野獸般「呼——！呼——！」喘息聲。口中嚐得到血味。也許是鼻子，也有可能是剛才咬石原手指時留下的。一想到這裡，加奈就很不愉快，呸的一聲吐在桌上。

「……那是玩具吧？是吧？喂。」

經過漫長的沉默，石原臉上泛起冷汗與僵硬笑容如此說道。

他大概還無法接受眼前的事實。不起眼的女國中生的背包裡居然藏著真槍。

所以他將其列入「拿玩具槍嚇人的小鬼」的類別。

「我說堅啊，妳這個樣子，老師沒辦法當成沒看到喔。不只讓老師受傷，還用玩具槍……欸，聽老師說啊。」

石原似乎已經自認釐清了狀況，又或者是只能相信那是玩具槍，他擺出一副不在乎的態度，朝著加奈逼近。

加奈將原本伸直的食指擺到扳機前方。

只要指尖稍微向後拉，石原就會死。這把槍的子彈是380ACP。和一般手槍的九公釐帕拉貝倫彈相比威力較弱。

不過只要確實瞄準，同樣足以一發取人性命。

「……別過來！我會開槍！」

「開玩具槍嗎？別小看人了。」

只要自己想開槍，就能開槍。

但是開槍真的好嗎？這個問題掠過腦海。

加奈也知道殺掉這個男人一定比較好。但是名單——預定殺害名單上沒有他的名字。子彈只有區區五發。換言之名單只有五個名額。現在一旦開槍，就必須把其中一人從名單裡剔除。如果按照順序來看，父親會被剔除。

父親和石原，該殺哪一個？

也許是因為這個疑問，放在扳機上的指頭有如石頭無法動彈。

「堅，妳給我做好覺悟喔。喂……」

石原的手靠近。夠了，不要再想了——加奈對自己說道。儘管如此手指還是不動——

——鈴鈴鈴鈴鈴鈴鈴鈴鈴鈴鈴鈴鈴鈴鈴鈴！

防災警鈴發出刺耳的吵鬧聲響。

加奈與石原都對這個狀況感到一頭霧水，愣在原處，將視線轉向傳來聲音的走廊。

似乎有個人正在跑過來。腳步聲的主人依序打開附近空教室的門。最後抵達學生指導室。但是門只發出喀噠聲響，沒有打開。不知何時房門已經被鎖上了。

「有人在裡面嗎！請快點避難！火災！發生火災了！」

石原這才咂嘴打開門鎖。雖然因為石原的身體而看不清楚，有名保健老師打扮的白袍女性氣喘吁吁。

萬一被看到就糟了，如此心想的加奈連忙撿起背包，把依然握著的槍塞進裡面。

「啊，石原老師！請快點到校舍外面避難！快點！離開室內！」

「啊～好的。我知道了。發生了什麼事？……奇怪，妳是……？」

「啊，石原老師，你這不是受傷了嗎！究竟是怎麼回事？」

「啊，沒什麼，這個是，那個……因為剛才被警鈴嚇到。」

「這可不行，到保健室好好治療吧。快點！跟我來！」

「呃，可是……」

加奈拔腿衝過支支吾吾的石原以及保健老師兩人身邊，一路跑過走廊。背後似乎傳來石原的聲音，但她置之不理。

就這麼穿著室內鞋跑到戶外，見到放學後留在校舍裡的教師與參與社團活動的學生都聚集在操場上，人人臉上都寫滿困惑。

因為已經喘不過氣來，加奈躲到操場角落的創校紀念石碑後方。石原沒有追上來。

沒事的，沒事的，還好沒多浪費一發子彈。太好了。沒事的。沒事的，沒事的，沒事的……

她一面整理凌亂的衣物，讓呼吸與精神恢復平穩，但是眼淚突然從眼眶溢出，加奈縮起身子蹲下，用手摀住嘴巴無聲地哭泣。

「香子，妳還好嗎？」

臉上笑容有如即將咬向獵物的蛇，溝隱不知何時已經站在身旁。

「嘻嘻……和石原老師發生了什麼事嗎？……嘻嘻……和那個變態。」

漂亮的臉蛋笑得教人毛骨悚然。

完全用不著多想。加奈明白。她一直在等。等待加奈和石原談些什麼，然後離開那裡。說不定甚至事先猜到加奈會遇襲。

「妳……那張照片……！」

加奈站起身來。

「不用擔心喔？運動服的名字和半張臉，還有壓著妳的手，我都幫妳事先修掉了，完全看不出來喔……不過石原好像還是馬上認出來了。偷窺慣犯就是不一樣啊。」

「妳！」

「下次再反抗，我會把香子的本名和聯絡方式都放上去。下次不准再反抗……昨天都是因為妳，害我那麼辛苦。這點程度又不算什麼。」

加奈心想乾脆現在就殺了她。不過警笛聲阻止了加奈。因為防災警鈴啟動，消防車接二連三駛入校園。

消防車、救護車，以及巡邏車……見到警車到場，加奈也沒有勇氣拿出槍來。

茶會的兩名朋友和溝隱一樣臉上掛著優雅又醜陋的笑容，走向這裡。刺耳的嘻笑聲讓加奈無比反感。

「瑠璃～今天要去茶會嗎～？」「當然要去啊～男朋友在等嘛。」「今天會來多少人呢～好期待喔～」

加奈將背包緊緊抱在懷裡，轉身背對她們邁開步伐。

已經做好覺悟了。

今天就動手。一定要動手。非殺不可。該是消化名單的時候了。

加奈的步伐已經沒有一絲迷惘。

「不好意思，請準備擔架！有人受重傷！真的很嚴重……！啊，現在在保健室——！」

校舍的方向傳來女性的聲音。反應過來的救護員連忙開始準備。

一群大人吵吵鬧鬧經過加奈身旁。

誰也不會阻止她。誰也不會注意穿著制服的少女。

沒有人能料到嬌小少女的背包裡，有一把能殺死五個人的槍。

也想不到她已經下定決心殺人，做好覺悟成為殺人魔——

6

一切彷彿是LycoReco咖啡廳的指引。
一開始是大概兩個星期前的事。
被拍了裸照，溝隱的騷擾日益猖狂的每一天……如此循環反覆，有如地獄的早晨。胃很沉重。一點也不想上學。乾脆找個地方打發時間……
但是她辦不到。石原可能會再度來到家裡。不想發生那種事。
如同每天固定的習慣，加奈一邊在腦中反覆同樣的思考，一邊如同往常搭乘比其他學生更早的電車。
平時的車廂總是空蕩蕩，唯獨這一天似乎正好遇上社團晨練的學生，因此她來到最後一節車廂打發時間，然後在木原川內國中所在的車站下車。
就在這時。
加奈的耳朵聽到說話聲。
「先前那個也很好啊。嗯，演員的演技真的很棒……可～是～啊～以前的作品也就算了，我是說最近的作品喔，那些畫面陰暗的喪屍電影，妳不覺得是種『逃避』嗎？」

「……千束學姊？」

轉頭一看，就在加奈走出車廂時，在其他車廂門口見到眼熟的兩道人影。是千束與瀧奈。

彷彿是與加奈交換一般，她們上了車。

為什麼？怎麼會在這個時間出現在這裡？雖然種種疑問浮上心頭，但是比起這些瑣碎的問題，加奈更想與她們聊上幾句話。不，只要提出這個疑問就夠了。打個招呼，對彼此展露笑容，問她們「怎麼會來這裡？」……這樣就夠了。

彷彿延伸至地獄的蜘蛛絲。加奈相信只要與她們簡單打個招呼，討厭的心情就會隨之煙消雲散。

至少今天一整天……光是這樣就能忍耐。

她連忙想回到車廂，但是車門在加奈眼前無情關閉。

那麼至少看一下兩人的臉……就算只是對上視線，只是隔著車窗打招呼也好……！

加奈在車窗外面揮手。但在開始移動的車廂裡，兩人轉身背對加奈，然後莫名一左一右坐在已經就座的男性乘客旁邊。這樣一來，兩人當然不可能再回頭看向加奈。

「啊……怎麼會……」

加奈只能愣愣地目送電車駛離。

蜘蛛絲斷裂的瞬間，犍陀多肯定就是這種心情吧。加奈當下的心情讓她不禁如此心想。

置身絕望之中瞧見希望，然後又落入絕望。腦袋都要不正常了。

當她愣在月台時，電車進站的警鈴響起。這讓加奈靈機一動。

——對了，搭乘現在這班快速電車，就能在三站後追上她們。

於是加奈跳上駛入月台的快速電車。

但是當她在三站後等待千束她們搭乘的各站停車的電車抵達，上了最後一節車廂一看，該處已經空無一人。

滿心失意的加奈在剛才她們坐的座位坐下，彷彿尋找那股溫暖的殘渣般輕撫座椅。忍不住覺得想哭。

「……話說回來，那個男人……是千束學姊或瀧奈學姊的男朋友嗎？」

如果真是這樣，兩個人也許是翹課跟男朋友出去玩……

要是自己突然現身，肯定會打擾到她們。所以還是這樣最好。這樣就對了。這樣……

眼淚滲出眼眶。

她按照一直以來遭遇討厭事物時的習慣，如此嘗試理解、忍耐，並且盡可能接受狀況，儘管如此，不甘心還是化為水滴溢出。

她摀住臉，身體前傾。幸好車廂沒有其他人。如果有的話一定會把她當成怪人——

「……咦？」

突然發現似乎有個東西抵著臀部。那是某種硬物。以為是小孩子的玩具，伸手摸索……

發現座椅靠背與椅墊之間的縫隙似乎有個怪東西。

用指尖夾出來一看，是一把小型手槍。以玩具而言感覺異常逼真。以前曾在二手店摸過空氣槍，乍看之下雖然相似，但是明顯不一樣。滑套是金屬製的，雖然不大但拿起來沉甸甸。而且槍身各處留有粗暴對待的痕跡，有種類似工具的氛圍。

模仿在電視和電影裡見過的動作，加奈嘗試拉動滑套。帶有彈頭的彈殼跳出槍膛，落在地上。

「咦？」

鬆手放開滑套，握把裡的彈匣隨即將下一發子彈送進槍膛。喀鏘！清脆悅耳的金屬撞擊聲。隔著握把也能感受到精密零件在運作。

這麼一來她可以肯定。現在扣下扳機，子彈就會發射。

現在的槍膛彷彿拉滿的弓弦。

絕對不可以觸碰的東西。

在這個和平的日本，長久以來明令禁止的道具。如今在無人知曉的狀況落入自己手中。

心臟急促跳動。

加奈撿起掉在地上的彈藥，連忙全部藏進背包裡。幾乎是下意識的動作，同時逐漸意識到**這樣**代表什麼意義。

之後她在鄉下小鎮下車，前往用手機簡單調查得知的樹林。

通往露營場的路上有片蒼鬱的樹林，加奈在那裡朝著樹幹扣下扳機，將確信變成事實。

這個瞬間，光芒照進加奈置身的地獄。

「……啊……好棒……」

從天而降的蜘蛛絲在眼前斷了。

但是有另一條蜘蛛絲垂到眼前。

這條線的另一頭肯定連接地獄。不過那也無所謂。再好也不過。

沒有那五個自己討厭的人的地獄，肯定是比現在好上幾分的世界。

7

回到家後，父親由於工作的緣故當然不在家，不過女人也不在。也許是去買東西吧。這樣正好。她和父親排在後半。

加奈將之前就準備好的東西塞進背包裡，因為剛才一直穿著室內鞋，於是便換穿運動鞋立刻離家，搭上電車。

到了。終於到了。時候終於到了。

沿著通往地獄的蜘蛛絲滑下去的時刻到了。

結束這一切。已經等太久了。一直沒辦法下定決心。到了現在，所有條件都湊齊了。

今晚，自己會殺人。把討厭的人，從這個世界抹除。心意已決。

感覺電車上的乘客不時偷瞄加奈。學生、上班族，甚至連小孩子都不例外，不知為何大家都像是刻意當成沒看到。

如果是過去，她會覺得被人嘲笑，有種心臟猛然收縮的感覺。但是現在的她無所謂。不予理會。

抵達錦糸町後，她在驗票口內側的廁所排隊進入，在裡面換了衣服。換上以前在東京二手服飾店買的夏季帽T和牛仔褲，頭髮盤起來塞進帽子裡，再戴上兜帽。然後把所有東西連同背包塞進買衣服時一起買的托特包。

槍則是塞進牛仔褲的後面口袋。她選了尺寸比較大的帽T，下襬長到蓋過臀部，除非有人從外面觸碰，否則不至於會被發現。

在廁所的鏡子前方，與補妝的女性們站在一起，加奈看向打扮有如男生的自己臉龐。這下終於知道為什麼在電車上這麼引人注目。是鼻血的痕跡。抹去鼻血時，留下一道長長的橫線。

穿著水手服的女生臉上有道血跡，想當然耳惹人注目。她差點噗哧笑出聲來。強忍笑意洗了把臉，用袖口擦乾。離開廁所。

把行李全部寄放在車站的置物櫃。考慮到接下來要做的事，愈輕便愈好。

「啊～真不錯。」

腳步，不，應該說全身都輕飄飄的。好像一放鬆心情就會飛起來。

放下肩上重擔。這句話突然浮現腦海。那不是指行李。而是因為捨棄至今一切痛苦，以及想必只有痛苦的將來。所以才會感覺這麼——

現在的心情，有點類似前往LycoReco時的感覺。

在家裡被當作拖油瓶。在班上被人霸凌，被人抓住把柄，差點被迫加入可疑的茶會。如此可憐的學生、任人擺布的玩具——這樣的堅香子已經不復存在。彷彿變成另一個人。

變成加奈，或者是變成殺人魔，差別僅此而已。兩者通往的肯定是相反方向。但是比起那個只會站在中間受苦的堅香子好上太多了。

「……溝隱她們已經在大樓裡了嗎？」

這句彷彿與朋友約好見面的話脫口而出，加奈自己感到訝異，隨即獨自笑了起來。顯得十分開心。

上次逃走時只是埋頭亂竄，究竟跑過何處自己也不記得。但是前來此處的路上不同，當時雖然害怕，不過只是跟在溝隱身後，所以還能仔細觀察四周，這次很簡單就抵達了那棟住商混合大樓。

等了好一陣子，果然見到一群男人與穿著制服的國高中的女生彷彿被吸進大門口一般走了進去。可以推測茶會想必正在舉行。不過名單上的一、二、三號還沒來。

考慮到加奈回家一趟，以及在廁所的時間，合理推測她們已經在裡面了。

無所謂。加奈本來就打算不管幾個小時都會等下去。

加奈倚著附近大樓前方的自動販賣機，打發時間。因為此處的性質，自己說不定看起來像個不良少年。一想到這裡，就連等待時間都感到愉快。

不過這股興奮，過了兩小時也逐漸冷卻。

已經入夜了。依舊沒有人走出大樓。因為無事可做，加奈忍不住取出手機。

話說學校的火災究竟怎麼了？好奇地調查了一下，似乎沒有上新聞。到社群網站搜索，這才找到看似學生的留言。

『結果根本沒有火災。真無聊。』

『反正一定是運動性社團的傢伙在惡作劇。』

『聽說I原那個笨蛋受了重傷。怎麼了？從樓梯上摔下來嗎？笑死人。』

I原……一定是指石原吧。如果有多餘的子彈，早就把他排進名單前面了。甚至比二號和三號還要高……但是，當時的加奈無法開槍。

大概是在那個狀況，沒有額外的心力考慮替換名單吧。當時腦袋一片混亂，搞不懂怎麼做才對。所以……

討厭的心情再度湧現。一想到石原，下定決心之前那個懦弱的堅香子好像又要回來了。

「……不行啊。」

愈是告訴自己不要去想，思考愈是在那裡打轉。難以控制。

話雖如此，那傢伙現在身受重傷真是好消息。遭到報應了吧。那時候需要擔架的人一定就是他——

「瑠璃真受歡迎耶——」

聽到這個聲音，加奈倏地抬起臉。

溝隱和朋友們走出大樓了。太棒了。三人一組。

加奈躲在自動販賣機後方，屏息靜候。抽出塞在牛仔褲口袋的克拉克42，將握槍的右手藏進夏季帽T的口袋裡。

「真虧妳身體撐得住。」

「都是為了男朋友嘛。當然會拚一點。」

三名國中生對著彼此說說笑笑。如果地點不是夜晚的錦糸町南口，如果精神並非那樣邪惡，而是普通的國中生，看起來倒是會令人不禁微笑。

附近是有許多夜晚營業的店家的住商混合大樓。在這個地方動手不太好。隨著天色變暗，往來的行人似乎也增加了。

還不行。不是這裡。

任何地方都可以開始。勝券在握。所以剩下的問題只有怎麼做才俐落。

等太久也不好。萬一讓她們搭車回去會有點棘手。最好是在這裡殺了她們，只有自己一人回去，在事件的衝擊擴散之前殺掉那個女人和父親。

一旦被害者的身分上新聞，同班同學恐怕會馬上懷疑加奈吧。一旦如此，女人和父親都會提高戒心。

……不，真的會嗎？在錦糸町也許沒問題。況且還是槍殺，誰也不會懷疑加奈……

「接下來要怎麼辦？難得拿到這麼多零用錢，逛個街再回去嘛。」

溝隱等人如此決定後，前往車站北口的顧物中心。

這下不妙。在購物中心殺人實在太過醒目，而且客人應該很多。

加奈咂嘴跟在她們後方。最糟糕的就是跟丟。

逛街時的她們看起來非常開心。挑選與年齡相符或者稍微成熟一些的時尚衣服與飾品，也買了筆記本之類的文具。

三人談笑風生，互開玩笑，或是討論近來的電視劇和偶像……

加奈心想所謂的與朋友出遊，大概就是這樣吧。那是與加奈無緣的世界。

看著她們開懷歡笑，加奈不禁感到苦悶。愈來愈覺得自己悲哀。

不過沒事的。現在明顯是自己占上風。她們用的都是骯髒錢。所以，所以，所以……

「好了，回去吧。」

溝隱如此說道。於是三人步出購物中心，打算直接穿過公園走到車站。

就是現在。唯獨此時此刻。四下無人，照明不多顯得昏暗。三人橫向排開，只能說是射擊標靶。

心跳十分劇烈。甚至覺得心臟快要從嘴巴跳出來了。

加奈跟在三人身後緩緩靠近。但是絕不靠近到萬一對方撲上來，手會被抓住的距離。槍要在不遠也不近的適當距離才能發揮最大效果。

距離大約五公尺。到了那個距離，加奈一面走一面從口袋中抽出手。手中握著槍。子彈已經送入槍膛。只要扣下扳機，就會開始處決名單。

於是她停下腳步，舉槍瞄準。

告別過往這個最糟糕的世界。迎接稍微好一點的地獄。

目標是溝隱的後腦杓。

開槍。就是現在。動作快——！

「——呃？」

槍在抖，手也在顫抖。

是因為亢奮？不是。

緊張？也許是。

……恐懼？類似的感覺。

「怎麼會……為什麼……」

不知有多少次覺得她最好去死。拿到槍之後只想著要殺了她。發自內心。

然而應當動手的瞬間已經來到眼前，為何會猶豫呢？

快開槍。快開槍。快開槍。

只要扣下三次扳機，自己就能得救。這裡就會成為明亮幾分的地獄。

沒錯，是為了自己，為了世界。

連同往後因她們所苦的人們也一併拯救。是英雄。所以，快開槍。

「……快開槍啊……為什麼……」

手不停顫抖。從手掌延伸的食指好像不屬於自己，一動也不動。

只要手指挪動幾公分，溝隱的腦袋就會開個洞，噴出骯髒的液體。這點加奈很明白。明知如此，究竟是為什麼……

之前想對石原開槍時也是一樣。

在最後的最後，手指動彈不得。到底為什麼……

「那種傢伙殺了也沒關係……絕對是……死了比較好……所以——」

眼淚再度滿溢。那是不甘心的淚水。懦弱的自己令人不甘心。

明明就能殺了她。明明下定決心要殺了。明明認為非殺了她不可。

但是身體抗拒這一切。堅持自己做不到。

膽小鬼。就算責備自己也不會有任何改變。現在不開槍，明天將無異於今天，往後將會日復一日持續下去。加奈不願意，絕對不願意。明明不願意，為何開不了槍？為什麼不開槍？快開槍啊。

「明明就……這麼想殺……為什麼……」

殺人是壞事。難道這種愚蠢的話語支配了自己嗎？

這個世上死了比較好的人明明多到數不清。而且最該死的那個就在眼前，明知如此，究竟是為什麼——

一直忍耐至今。

儘管不甘心，儘管傷心，加奈也不曾對任何人訴苦，獨自一人忍耐至今……

明明一心只想結束一切，又是為何……

溝隱三人漸行漸遠。朝著車站離去。走出公園，進入熙來攘往的人群裡。

已經沒機會了。就算開槍也打不中。

加奈兩腿一軟，當場跪倒在地。

「膽小……膽小鬼！膽小鬼！根本是偽善！」

連一個人都殺不了，到底算什麼。過去痛苦的每一天只有這種程度嗎？自己體驗過的絕望，難道會輸給「不可以殺人」這句漫天大謊嗎？不應該是這樣吧！

為什麼無法開槍？為什麼開不了槍？只要扣下扳機，一切就會變得輕鬆……

「……啊～啊～……」

明天起又是同樣的每一天。石原會怎麼對付自己？當他傷癒回到教室，不可能就此善罷甘休。在他眼中加奈依舊是**那種**對象。

溝隱當然也會繼續用那張照片前來騷擾吧。如果她預測到石原的行動而那麼做，以後當然也可能引誘其他人對付加奈。

回到家裡，有個陌生人以理所當然的態度占據其中，父親只是個一邊看深夜綜藝節目一邊喝啤酒的……

只要開槍，就能結束一切。

就連一天也不願意再體驗的時間都將告終。

然而溝隱三人已經消失。自己開不了槍。結束不了。那糟糕透頂的每一天——

「……還是可以結束……」

腦中突然浮現答案。

右手彷彿受到操縱一般向上抬，槍口抵著自己的太陽穴。

討厭世上的一切。覺得自己一定無法忍耐到最後。加奈一直覺得五發子彈不夠用。雖然有五發已經讓她慶幸……不過這下明白了，其實用不到五發，一發就很夠了。

只要一發子彈就能解決這一切。機會其實一直都在這裡。

這把槍等同蜘蛛絲。另一頭連接地獄——加奈一直都明白。

答案就是這麼簡單，理所當然一直近在眼前。

雙膝跪地的加奈仰望天空，閉上眼睛。眼淚溢出。

眼皮內側浮現的景象不是父母也不是朋友。

而是飄盪著咖啡香的那間咖啡廳——

「真想再去一次……」

已經沒有錢了。更何況這種丟臉到家的人沒有資格去那裡。

那是有如天國的地方。無論對誰都同樣給予歸宿。

但是並非喪家之犬的狗屋。因為絕望下定決心殺人，卻下不了手而哭得像個笨蛋，最後決定打爆自己的腦袋，不是這種人能夠去的地方。

如此美麗的場所。像自己這種人——

就到此為止吧。

活著只有丟臉、可憐、悲慘。

前往自己討厭的人都不在的地獄。那裡肯定比這裡好上幾分。

所以——

「……早點這樣做就好了。」

加奈剛才有如石頭的食指，這時動起來毫無問題。

甚至覺得自己的一切都凝聚在指尖。

扣下扳機。

槍聲響起。

8

粉塵飄散在唇邊，舌尖也傳來不舒服的感覺。

反射動作吐了出來。這個動作讓她察覺側臉有什麼東西掉下來的觸感，痛楚讓她不由得驚叫。她想按住受傷的地方，這才發現自己倒在地上。

右手按住臉。

「……奇怪？」

應該拿著的槍不見了。不對，更重要的是……自己還活著？為什麼？

加奈抬起臉來。帽子已經不知飛到何處，披散著頭髮。旁邊像是被灑了一把沙子，某種粉末紛紛散落。

——這是什麼？

該不會是腦袋開了一個洞，呈現想死卻沒死成的詭異狀態吧……？

加奈取出手機，讓螢幕映出自己的臉。看來頭沒有開個洞。

但是一張臉亂七八糟。爬滿淚痕與汗漬。蓬頭亂髮。然後從頭髮不斷落下的是……

「紅色的，沙子？……橡皮？」

帶著有如橡皮擦氣味的紅色粉末。

莫名其妙。但是加奈只知道自己似乎還活著。

而且克拉克42也不見了。走火，不對，難道是被炸飛了嗎？有這種感覺。那股衝擊力道簡直就像是被球棒毆打。

加奈已經什麼都不剩了。無論是哀憐的心力，或者是淚水的庫存。

想死的人大概就像這樣吧。記得芥川龍之介好像說過這類的話。

只剩一副臭皮囊。沒有一絲一毫的希望，只是苟延殘喘。

已經無法思考的加奈當場愣住，垂下拿手機的手。這時指尖突然傳來粗糙的觸感。

手機背面似乎貼著一張紙。加奈定睛一看……

「咖啡套餐免費券！歡迎輕鬆造訪！LycoReco咖啡廳」

那是手寫的紙條。看起來就像園遊會的招待券……學生花了十秒鐘寫的那種。

加奈看著LycoReco咖啡廳幾個字，握緊那張紙，無力地站起身。有如沙漠裡的遇難者尋求水源，加奈轉身背對車站，搖搖晃晃邁開步伐。

終於抵達LycoReco。

精緻漂亮的店面。任何人都會不禁駐足的咖啡廳。

平常這個時候早已打烊了。但是窗口依然透出燈光。門上還掛著「OPEN」的牌子。

為什麼？雖然內心懷著這個疑問，加奈還是推開店門。

像是尋求協助。像是種依賴。

——噹啷噹啷。

「歡迎光臨，加奈。」

一身赤紅制服的千束獨自待在店裡。

她拉開吧檯的椅子，引導加奈就座。

「那個……」

緊緊握在手中，變得皺巴巴的免費券。千束面露微笑接過那張紙。

「稍等一下喔。」

時間已經很晚了，一身骯髒的模樣。但是千束什麼也不問。只是以理所當然的態度讓她待在店裡。

以虹吸壺煮的咖啡開始飄出香氣。

溫暖又芳香，還有……無限的溫柔包容。

「這是我聽老師說的。美味的咖啡暗藏魔法。讓人幸福的魔法……不過啊，我總覺得晚上喝的咖啡感覺更特別。一定有更強的魔力。心情會很平靜，而且又有點像在做壞事，更重要的是感覺很放鬆……奇怪？好像一樣？」

話雖如此，這個氣息與空間溫柔包覆瀕臨崩潰的心……這就是魔法的力量嗎？

如此完成的一杯咖啡，千束並非隔著吧檯，而是走了出來端到她面前。

「先喝一口試試看。也許不像老師泡的那麼好喝。怎麼樣？魔法有效嗎？」

加奈依她所言啜飲咖啡。平常不喝黑咖啡。但是……這杯咖啡很美味。**又燙又暖和**。

鬆了一口氣，感覺全身的力氣都隨之流失。

「好好喝……」

加奈傻傻地說了一句，千束聞言微微一笑。

「接下來，加奈。剛才那張免費券，妳有注意到嗎？那個不是只有咖啡喔。而是咖啡**套餐**的免費券。所以妳可以再多點一個……要點什麼都可以。」

加奈看向千束。莫名成熟，卻又彷彿小孩子似的稚氣臉龐。

漂亮又可愛……卻又溫柔得教人想撒嬌。

「真的……什麼都可以……？」

千束點點頭。

「沒錯……來吧，加奈。請問要點（Order）什麼？」

聽見這句話，理應已經流乾的淚水從加奈的眼眶滑落。

於是她用顫抖的聲音說道：

「……救救我。」

千束瞇起眼睛。

「包在我身上♪」

千束有如唱歌一般開口，伸手抱住加奈。

溫柔、溫暖，而且抱得很緊。

「一直以來一定很難受吧。」

「為什麼……」

千束應該毫不知情才對。不知道關於加奈一切的遭遇……

然而為什麼會這麼說？

為什麼……自己會相信千束真的一切都瞭然於心？

「妳一直都很努力喔。」

加奈也把顫抖的手伸到千束的背後。緊緊用力，彷彿是在求救。

「……嗯。」

「已經沒事了。剩下的全部交給我。」

「嗯！」

眼淚與嗚咽停不下來。加奈已經泣不成聲。

千束毫不在意衣服被弄髒，就這麼溫柔抱緊加奈，然後輕輕撫摸她的頭。

那讓加奈感到滿心喜悅。

9

深夜的LycoReco裡有兩個大人。

那是米卡與瑞希。兩人罕見地隔著吧檯對飲。

「可是啊，這個工作還真麻煩。從頭到尾都麻煩到不行，沒有一件事能簡單解決的。早點出手幫她不就好了。」

米卡看著已經空無一物的酒杯微笑說道：

「也許吧。不過那樣救不了那孩子吧？」

「還是可以吧？」

妳真是不懂耶。唸唸有詞的胡桃抱著筆記型電腦現身，坐到瑞希身旁。

「偷偷回收不幸被加奈撿到的槍，順便通報兒童保護機構和警察……就到此為止了。這樣真的救得了她嗎？頂多只是寄張『不可以霸凌喔』的愚蠢宣導傳單罷了……這樣那傢伙就會破涕為笑嗎？妳覺得千束會滿足嗎？」

「胡桃，之前那件事如何了？」

「已經進入刪除階段。因為拿到那個溝隱瑠璃的手機的原始檔案了。我已經讓ＡＩ學習之後放出專用的病毒。到了明天就會從網路上消失了吧。」

「妳還真輕鬆，只是待在這裡打字點滑鼠……知不知道我有多辛苦啊！一～直都在監視啊！而且在那間國中裡那個教師想侵犯加奈時，瀧奈那傢伙打算開槍殺了他喔。還說什麼殺了才對。害我一直阻止她，一直說拜託冷靜點，這樣很不妙，先等一下……結果加奈拔槍之後，那傢伙反而安靜下來了！妳敢相信嗎？而且她還說『就當成我開的槍吧，這樣就沒問題了』喔。真的是笨蛋耶，問題大了！……結果我慌慌張張跑去按防災警鈴，披上白袍踩著高跟鞋一路狂奔喔？累死了累死了，真受不了～」

「嗯？結果還是阻止了吧？我記得那個教師好像被揍得很慘？」

「只有說不可以殺掉而已……給了他懲罰。下手還滿重的……真是的，自己都說發生火災快點逃了，卻把他帶進保健室裡，要騙過他還真不容易。說著說著自己都覺得亂七八糟，差點笑出來。」

原來是這樣。胡桃也笑著回應。

「不過，我還是覺得……撇開我們的辛苦不談，還是應該早點出手救她吧？這樣一來痛苦的日子也會減少幾天吧？」

「這是千束的計畫。也因為這樣才會變成正式委託。而且這次加奈拿的槍，由於是『亞洲人』留下來的東西。因為DA已經答應承擔那件事的責任與經費，才能夠把加奈也算進去裡面。」

米卡對瑞希如此說明後，表情看起來有些自豪。就像是為了女兒的成果而驕傲……

接著米卡話鋒一轉：

「何況千束秉持的信念雖然是當一個幫助他人的Lycoris，但是如果不設下原則，可就沒完沒了。」

「原則啊。僅限解決委託……唯獨有人求助才出手嗎？」

聽到瑞希這麼說，胡桃回以彷彿瞧不起人的視線。

「意思是她沒有自以為是到認為能夠拯救所有人吧……很符合現實啊。」

「就算是這樣，那孩子太不知變通，或者說太認真了。」

胡桃一邊表示同意，一邊說道：

「不過正如米卡所說的，因為等到最後一刻，不只是LycoReco，還能全面活用DA的超法規力量幫助加奈。既然成功消滅一條對兒童販賣毒品的管道，只不過是幫忙救個女孩罷了，DA也會樂於協助吧。」

已經消滅了嗎？聽到瑞希的問題，胡桃回答道：幾個小時前DA的Lycoris混在茶會成員裡入侵大樓，收拾了一切。

「啊。DA那些傢伙，應該……不會把加奈培養成Lycoris吧？」

「那當然。以Lycoris來說年紀已經太大了。就算本人自願也辦不到吧。」

開玩笑的啦。瑞希笑著為米卡的酒杯斟酒，也把自己的酒杯倒滿，瞬間將酒瓶轉向胡桃……然後默默收回來。米卡代為送上熱牛奶。

「不過啊，該怎麼說。米卡、瑞希，這次的必要經費雖然由DA負擔……我們的報酬要怎麼算？」

「誰曉得。好吧，頂多只有常客的笑容……不，是千束朋友的笑容吧。」

真不曉得有沒有那個價值──瑞希如此笑道。

「虧本生意啊……至少對大人們來說是這樣。」

既然這樣就好。胡桃如是說。

Outroduction

熱死了。時節正值盛夏。

德田忍不住抬頭仰望充滿活力占據天空的太陽，隨後閉上眼睛。

周遭明明沒有多少綠地，蟬聲依舊嘈雜。

「還是加快腳步吧。」

德田將公事包夾在腋下，前往常去的咖啡廳——LycoReco咖啡廳。

——噹啷噹啷。

清脆悅耳的鈴聲。清涼的店內空氣。

以及店員們「歡迎光臨」的話語……並未迎接他進門。

「……咦？」

好一陣子沒來的土井坐在吧檯角落笑個不停，像是壞掉的哈哈笑袋，或者是在模仿勞勃・狄尼洛的又哭又笑。身旁的千束不知為何向他下跪道歉。至於隔著吧檯的米卡和其他常客則是低著頭，面露沉痛的表情。

瀧奈站在千束身旁滿臉煩躁，只有轉動脖子看向德田。

「啊，歡迎光臨。」

「……今天怎麼了？」

「沒什麼大不了的。老樣子好嗎？要冰滴咖啡嗎？」

「……給我冰的。」

「好的，店長。冰咖啡一杯。」

「喔、喔喔，我知道了……啊，德田先生，請坐。」

德田戰戰兢兢坐到吧檯旁。不知這裡剛才發生了什麼事，讓他有些心驚膽顫。

大概是睡到剛才，頭髮亂七八糟的胡桃從店裡現身，瞪著笑個不停的土井。

「土井，吵死了。吵得我睡不著。」

於是土井閉上嘴巴，垂頭喪氣。

瑞希從店裡走出來，像是獎勵胡桃讓土井安靜下來，在吧檯上擺了一杯刨冰，胡桃理所當然地吃了起來。

「呃……那個。剛才，店裡怎麼了？」

「沒事。這陣子司空見慣的戲碼罷了。無論好壞都是一如往常。」

胡桃說得沒什麼大不了，側眼瞄了一下千束。看來那種狀況似乎也是司空見慣。

肯定是犯了什麼大錯吧。既然如此，這是個好機會，也許能讓她打起精神。

「千束妹妹。之前說的那個完成了。上面通過了。」

「德先生，真的嗎？」

千束以五體投地的姿勢跳了起來，快步走到德田身旁。

見到那個模樣，常客們也紛紛好奇聚集——除了土井之外。

「其實還不能給外人看……哎，不過也沒差吧。你們看。」

今天早上剛印好的女性雜誌。錦糸町＆龜戶的特輯。重頭戲是德田的咖啡廳特輯。

終於完成了。

瑞希從廚房探出頭來。

「不過那個沒有這裡吧？為什麼這麼高興？」

「其實……祕密就藏在照片裡。」

立刻翻開咖啡廳特輯，於是周遭旁人同聲驚呼。千束的聲音特別響亮。

咖啡廳的照片裡，大多都有千束與瀧奈入鏡。

「拍得超漂亮的——————！」

「……啊～原來那些照片是用在這裡啊。」

兩人圍著餐桌，喝咖啡，品嚐百匯，餵對方吃鬆餅，站在時尚店面前的諸多照片。簡直是她們兩人的寫真集。

胡桃從旁邊探頭。

「這種東西，真虧編輯部會放行。」

「因為目的是宣傳年輕女生能夠結伴遊玩的地方。我原本就想說應該行得通，結果不出所料。」

「超棒的，德先生！謝謝你！我會當成寶物！」

「看到妳這麼開心，我也很高興。」

每次翻頁都能聽見眾人驚呼確實讓人高興……但是另一方面，沒有任何人去讀德田寫的文章，真教人傷心。儘管他本來就明白會變成這樣。

雜誌被眾人拿到榻榻米座位，吧檯只剩下德田與米卡。還有土井。

「真是的……明明說過不要太張揚。」

「如果允許我報導這家店，我想兩位的登場方式大概也會比較低調吧。」

「讓您懷恨在心了嗎？」

「啊，沒有，到了現在……我也明白了。呃，該怎麼說才好，現在已經不像過去那樣，強烈想要介紹這家店。」

這句話發自內心。

同時他覺得如此的想法轉變，證明自己真正成為這間店的常客。

這間咖啡廳的確很好。總是熱熱鬧鬧，舊雨新知都同樣喜愛。

時尚雅致的店鋪格局，開朗又親切的店員，美味的咖啡。

而且不管什麼人，只要來到店裡都能悠然自得，樂在其中，感覺有個屬於自己的座位。

就是這般不可思議的咖啡廳。

是自己找到的，是自己向大家介紹的……想要以引為傲的孩子氣欲求已經淡去……不，雖然還留有幾分，但也只是殘渣。

德田不再希冀自己對這間店有特別的意義。

這間店在自己心中有特別的意義就夠了。

所以一旦向大眾介紹，搞不好會大排長龍，當下這個幸福世界也許會隨之崩壞。

現在的德田發自內心不希望如此，因為這個地方對自己來說是特別的地方。

德田一面望著店員和客人在榻榻米座位一團和氣地說笑，一面向米卡解釋。

「這樣啊……謝謝您的稱讚。我也希望這樣平凡無奇的日常生活能持續下去……這是您的冰滴咖啡。」

玻璃杯中的咖啡浮著冰塊。黑色冰塊。就連冰塊都是咖啡製成的吧。整杯都是黑的。

輕啜一口，爽口的苦澀滑過喉嚨，暢快流入胃中。

在今天這種大熱天再適合不過了。

「什麼？兩位看起來好像職業模特兒喔！」「對吧對吧？真的很像吧——！」「這個餵鬆餅的照片很不錯呢，好可愛！」「啊，這明明是他們說攝影結束之後的事吧……」「就是所謂的日常照吧。表情看起來很放鬆，好可愛～」「笑容和認真表情的比例拿捏得很不錯呢。」「啊，這間店的這個座位，是我的貴賓席。」「咦——這間店感覺不錯～想實際去看看。」「下次大家一起去吧！」「咖啡廳店員不要把客人帶去其他店啦！」

哄堂大笑。熱熱鬧鬧的咖啡廳。不平凡的咖啡廳。最喜歡的地方。

雖然開心，同時又和平，而且……也不是要把燃燒殆盡的土井當例子，這裡總是不時發生些小事。

日常之中不時有驚喜，特別的咖啡廳。

——噹啷噹啷。

門鈴響起。大門敞開，新的客人來了。

是常客，或者是即將成為常客的新客人呢？

「好了，瀧奈，上工了！」

千束與瀧奈，兩名招牌店員連忙上前迎接客人。

「歡迎光臨LycoReco咖啡廳！」

後記

大家好，我是《Lycoris Recoil 莉可麗絲》的原案アサウラ。大家好！

哎呀，真是讓人大吃一驚呢。問我究竟為什麼吃驚？其實這篇後記是修正版。

原本寫了實際發生過的有點那個的事之後，不知不覺似乎驚動了人人物，鬧出大麻煩。

啊，開玩笑的，沒事沒事。只是博君一笑而已。純屬玩笑。

因為日本人守法精神強烈，既溫和又穩重。在法治國家日本出版的書籍絕無任何危險。因此也只有和平、安全、乾淨的後記……能這麼想正是無上的幸福，而營造這種氛圍就是我們這些寫手的職責……就是這樣！

……好吧，最讓我吃驚的還是決定動筆到截稿日之間的時間有多短促。

咦？九月發售？我是不太清楚啦，可是其他九月出書的作家們，截稿日應該就在這陣子吧？這就是本作的起跑線。哎呀……真的是船到橋頭自然直……

言歸正傳，本作雖然為了寫成小說稍微有所調整，基本上我寫的都是在動畫裡沒有提及的部分要素，並且源自「在動畫裡還有很多故事想寫」這樣的想法，讓我寫了LycoReco咖啡廳的日常生活，以及在那裡工作的情景。

此外，動畫監督足立先生那篇大概是隨興寫的，於製作最初期將槍戰動作要素完全隱藏的虛假（？）宣傳。嘗試將那篇文章實際化為作品，也是本作的概念之一。

因此本書採取的形式有如食玩綜合包。「有甜有酸也有苦的……把許許多多的口味全部都集中到一起！」這樣的感覺。

實際上LycoReco與千束等人本來就有各種類型的故事都能勝任的基礎，因此我便自由盡情發揮。希望各位都能樂在其中。

那麼，差不多該獻上謝詞了。

首先無論如何都要感謝在這種急迫的時程，抽空負責插畫的いみぎむる大老師，真的非常感謝您！真是太美妙了！以及直到最後都為我調整截稿時間的宮責任編輯，為本書盡心盡力的出版相關人士，以及以監督足立先生為首，製作了最棒的動畫作品的諸位動畫版相關人士……發自內心致謝！

此外，包含柏田P在內的諸位大公司高層……該怎麼說，有很多事……勞煩各位真是不好意思。本來只是想說個笑話而已……嗯。

總而言之！雖然後記也來到尾聲，非常感謝各位讀者閱讀本文以及後記直到這一行，真的真的、真的非常感謝各位！

在此祈禱日後還能與大家在哪裡相會，這次就寫到這裡。那麼再會了！

アサウラ

Bonus Track

「好——拍攝就到此為止。辛苦了——」

聽到德田這麼說，剛才一直挺直背脊擺出帥氣表情的千束，頓時像是融化的冰淇淋般軟綿綿靠向椅背。

「啊——有夠緊張——————！」

坐在身旁的瀧奈擺出疑惑的表情看向千束。

「不是說像平常那樣就好了嗎？有什麼好緊張的？」

「我說妳啊，要出書喔？而且還是全國發行，所以說日本國民每個人都有可能看見！不緊張才奇怪吧！」

「這是錦糸町&龜戶的特輯喔……不是會在全國發售的書吧？」

「啊——歧視！這是歧視喔～！不管看到的人是一個還是十個還是一百萬個，隨時都拿出最頂尖的表現，這才是專業吧！」

「……我們又不是專業人士。」

「就算是這樣！話說日本這個國家可是有個名為國立國會圖書館的機構！日本發售的

所有書籍都會永遠保存在那裡……所以說，未來人也有可能看到我們的照片！妳想像一下？數千萬、數億的人可能會想『嗚哇！這時代的這個女生，真是超可愛的——是當時的偶像吧？』我想讓人家這樣想！」

「就算這麼想又怎麼樣？」

「很高興。」

「……………………………………………………是喔。」

「太冷淡了！太沒勁了吧！打起精神來！來，妳想像一下，超級遙遠的未來，已經不是人型的未來人看到我和瀧奈的照片覺得戀愛了……這種浪漫的劇情在遙遠的未來上演！」

「肯定已經死了，所以無關緊要。」

「唔～～～～～～～！」

「是牛嗎？」

「不是啦！」

「開玩笑的。」

瀧奈輕聲笑了，千束仍在哇哇大叫。一旁的德田滿臉微笑看著這一幕，這時背後感覺到視線。來自正在好奇打量兩人的咖啡廳店長。

德田向他低頭行禮，告訴他在本店的拍攝已經順利結束。

單手拿著數位單眼相機的攝影師一面確認剛才拍的照片一面靠過來。

「德田先生，你從哪裡找來那些女生的？」

「其實是別間店，我常去的咖啡廳的招牌店員……她說無論如何都想上雜誌。可是那間店本身不接受採訪。」

「這樣啊，原來不是專業的。哎呀，好吧，難怪我覺得不太一樣。」

「怎麼了嗎？」

「透過鏡頭觀察，總覺得她們好像有練核心肌群之類的。該說是莫名上相嗎？拍起來就是有模有樣。和普通業餘的女生不太一樣。」

德田也不是不了解他的意思。德田之前就覺得那兩人不管做什麼，看起來都有模有樣。挺直背脊時自然如此，懶散時也不可思議上相。也許就來自這位攝影師也感受到的特色。

「無論如何，確實拍到好作品了。這點我敢保證。」

「聽你這麼說我就安心了。」德田笑著回應。

雖然受到千束拜託而如此答應，但是到頭來，連模特兒都不是的普通女生照片會不會獲得採用，至今他仍感到不安。雖然最終是由編輯部參照企畫內容加以判斷，但是只要拍得不好看就沒得談。

「啊，德先生德先生。這個鬆餅可以在冷掉之前吃掉嗎？」

「妳很貪吃喔，千束。這可是拍照用的。」

「可是妳看！明明看起來這麼好吃耶！這麼多糖漿，現在正慢慢滲進鬆餅裡喔！現在可是最佳的時機……！放過這個機會可是罪孽喔！罪孽！滔天大罪！要下地獄！」

「沒關係沒關係，妳們吃吧。」

好耶！千束欣然歡呼，擺在她面前的正是這家店自豪的招牌鬆餅。

蓬鬆的三片鬆餅彼此重疊，分量十足，同時還淋上大量糖漿。雖然適合拍照上傳社群網站，但是女生一個人實在吃不完。

雖然看起來很美味，但是因為太大了，兩人面前各擺一盤看起來反倒像是大胃王比賽。因此這次拍照是以兩人共享一份為主題。

「呼哈～～……這個好好吃喔！鬆鬆軟軟！原來附近就有這種名店啊～」

千束陶醉的表情與自然脫口而出的感想，使得在遠處旁觀的店長也眉開眼笑。

「來嘛，瀧奈也吃嘛。超好吃的。真的。」

「我就不……」

「來，請。」

在瀧奈說出拒絕的話語之前，千束已經切下一口大小的鬆餅遞到她面前。瀧奈因此把話嚥下去，乖乖靠近千束的叉子。

目睹這一幕，德田似乎懂了。會覺得這兩個人格外上相，不是體格強健或長相漂亮之類的……不是這類原因。

她們有種特別的力量。彷彿可以吸引別人，待在她們身旁就會自然感到愉快，面露笑容……讓別人也跟著幸福似的——

——喀嚓。

細微的快門聲。舉著相機的攝影師彷彿躲在德田後面。

「……你拍了？」

「我可是職業的。我保證是今天最棒的……要看嗎？這張。」

的確，神態自若互動的兩人，比起任何特別擺出的表情都更有魅力。既然成功將其收進照片裡……想必一定能夠登上雜誌吧。

所以只剩下一件事需要擔心。

那就是……比起德田撰寫的咖啡廳特輯，說不定只有兩人的照片特別受到注目……？

「……算了，想必贏不了吧。」

德田看著照片，發出帶著苦笑的嘆息。

我是——千歳いおる！！
嗚嘻嘻嘻嘻——

我的女性朋友意外地有求必應 1 待續

Kadokawa Fantastic Novels

作者：鏡遊　插畫：小森くづゆ

「拜託了——讓我看看妳的內褲吧！」
「看、看了又能怎樣？」

美少女辣妹葉月葵與平凡的高中生湊壽也，是放學後會到對方家玩的好朋友。某天湊卻突然提出要葉月給他看內褲的要求。儘管葉月起初不情願，卻在強調「人家可不是你的女朋友喔」後，捲起裙子。從那天開始，湊的「拜託」便越來越過分，最後終於……！

NT$260/HK$87

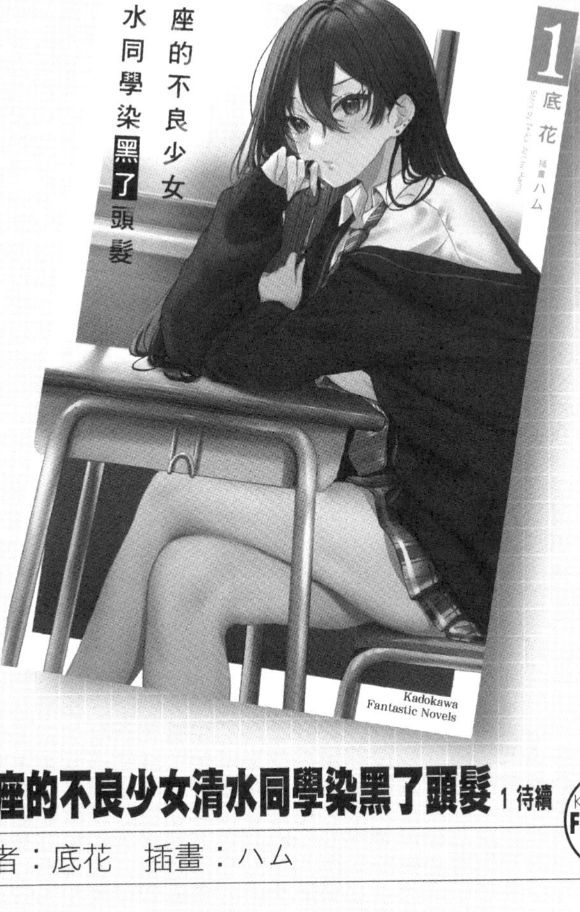

鄰座的不良少女清水同學染黑了頭髮 1 待續

Kadokawa Fantastic Novels

作者：底花　插畫：ハム

這是為了你才染黑的……給我注意到啊。
外表是不良少女，內心清純的反差萌戀愛喜劇！

某天當我——本堂大輝和好友在教室聊到戀愛話題時，說了喜歡清純的女孩後的隔天，坐在鄰座受到眾人畏懼的金髮辣妹清水同學不知為何染了黑髮。問她為什麼突然想染黑呢？她支支吾吾地有些臉紅，就這麼趴到桌上。

NT$240/HK$80

命定之人是妻子的妹妹。 1 待續

Kadokawa Fantastic Novels

作者：緣逢奇演　插畫：ちひろ綺華

能夠結為連理的究竟是今生的妻子，
還是前世許下愛的誓言的妻子妹妹呢？

本人御堂大吾在不知道對方相貌的情況下貿然結婚——也就是「盲婚」。可是在約定地點出現的，卻是妻子的妹妹！這時我們突然想起前世的記憶，在那段記憶中，我和她是發誓要廝守一生的戀人！也就是說，我的「命定之人」不是我的妻子，而是她的妹妹？

NT$240/HK$73

靠死亡遊戲混飯吃。 1 待續

Kadokawa Fantastic Novels

作者：鵜飼有志　插畫：ねこめたる

第18屆MF文庫J輕小說新人賞優秀賞作品
一窺美少女們荷槍實彈的死亡遊戲殊死戰！

醒來以後，發現自己人在陌生的洋樓，身上穿著不知何時換上的女僕裝，而有同樣遭遇的少女還有五人。「遊戲」開始了，我們必須逃出這個充滿殺人陷阱的洋樓「GHOST　HOUSE」。涉入死亡遊戲的事實，使少女們面色凝重——除了我以外……

NT$240/HK$80

國家圖書館出版品預行編目資料

Lycoris Recoil莉可麗絲Ordinary days/アサウラ作；
陳士晉譯. -- 初版. -- 臺北市：臺灣角川股份有限公
司, 2024.03
面；　公分. -- (Kadokawa fantastic novels)
譯自：リコリス・リコイル：ordinary days
ISBN 978-626-378-634-9(平裝)

861.57　　113000357

Kadokawa
Fantastic
Novels

Lycoris Recoil 莉可麗絲 Ordinary days
（原著名：リコリス・リコイル Ordinary days）

2024年3月7日 初版第1刷發行
2024年6月17日 初版第3刷發行

作者：アサウラ
插畫：いみぎむる
原案・監修：Spider Lily
譯者：陳士晉

發行人：台灣角川股份有限公司
總監：呂慧君
總編輯：蔡佩芬
主編：林秀儒
副主編：楊鎮遠
設計指導：陳晞叡
美術設計：李思穎
印務：李明修（主任）、張加恩（主任）、張凱琪

發行所：台灣角川股份有限公司
地址：104台北市中山區松江路223號3樓
電話：(02) 2515-3000
傳真：(02) 2515-0033
網址：www.kadokawa.com.tw
劃撥帳戶：台灣角川股份有限公司
劃撥帳號：19487412
法律顧問：有澤法律事務所
製版：巨茂科技印刷有限公司
ISBN：978-626-378-634-9
